RÉCITS
DU FOYER

PAR

HIPPOLYTE VIOLEAU.

PREMIÈRE SÉRIE.

PARIS

AMBROISE BRAY, LIBRAIRE–ÉDITEUR,

RUE DES SAINTS-PÈRES, 66.

—

1860

RÉCITS DU FOYER.

PREMIÈRE SÉRIE.

RÉCITS DU FOYER

PAR

HIPPOLYTE VIOLEAU.

PREMIÈRE SÉRIE.

PARIS.

AMBROISE BRAY, LIBRAIRE-ÉDITEUR,

RUE DES SAINTS-PÈRES , 66.

1860

A M. FRANCIS DE MIOLLIS.

―――― ∽◦∾◦∾ ――――

Qui de nous, enfant ou jeune homme, errant sur les grèves ou parcourant les chemins poudreux, qui de nous n'a souvent tracé avec le bâton voyageur, sur le sable ou dans la poussière, un nom préféré? Ce nom, le premier souffle du vent, la première marée montante devaient l'effacer : nous le savions; et cependant nous prenions plaisir à l'écrire, notre main suivant en cela l'impulsion du cœur. Ce que nous avons fait ainsi l'un et l'autre, bon et fidèle ami, je le renouvelle en ce moment. Que sont mes livres, sinon de la poussière, du sable, où j'inscris çà et là, depuis vingt ans, des noms chéris et respectés? Sable ou poussière, du moins l'œuvre imparfaite de ma vie n'aura conduit personne aux abîmes, et c'est quelque chose dans un temps où les fondrières sont partout. A vous donc aujourd'hui les Récits de mon foyer et l'hommage affectueux qui les accompagne! Lus par quelques-uns, ces Récits seront bientôt oubliés. N'importe, j'éprouve une satisfaction réelle à vous les offrir, à voir une fois votre nom à côté du mien en attendant que le vent se lève et que la marée monte.

HIPPOLYTE VIOLEAU.

Avril 1860.

CÉCILE.

CÉCILE.

I

Nous étions réunis autour de la table à ouvrage où l'une des deux jeunes filles de la maison avait posé timidement une bourse de velours
vert. Un instant auparavant, la plus jeune des
sœurs essuyait un refus au sujet d'un petit
châle de cachemire dont le merveilleux tissu
excitait depuis longtemps son envie, et maintenant, l'aînée, chargée par une de ses compagnes
d'une mission charitable en faveur d'une orpheline, ne savait comment accorder sa requête
avec les raisons d'économie qu'elle venait d'entendre alléguer. La mère s'était contentée de
jeter sur la bourse un regard distrait, et notre
ami commun, l'avocat Norbert, ne l'avait pas

même vue, tant il était absorbé dans ses réflexions. L'embarras de la quêteuse augmentait à mesure que se prolongeait dans ce petit salon ordinairement animé un silence pénible. Enfin, elle fit un effort de courage, et s'adressant d'abord à madame Albert :

— Chère maman, j'ai peut-être eu tort, mais notre amie Hortense a voulu nous faire contribuer à une bonne action. Il s'agit d'une enfant qui vient de perdre sa mère et que son père a cruellement abandonnée sans aucune ressource ni aucun soutien. Nous l'avons vue hier, Clarisse et moi, Tu ne l'as pas oubliée, ma sœur? C'est la pauvre petite qui pleurait tant à l'église.

Clarisse fit un geste d'impatience.

— Encore une quête! encore des secours à donner! dit-elle. En vérité, Julie, on nous croirait millionnaires!

— Voilà justement ma réponse à tes obsessions continuelles pour des objets de toilette, répliqua doucement madame Albert. Tu conviens donc avec moi que notre fortune est modique, et que nous devons régler nos dépenses sous peine de graves inconvénients?

— Pardon, maman, vous me comprenez mal. Je crois notre fortune suffisante pour les obligations que nous impose notre position dans le monde ; seulement, je pense que le rôle de providence des orphelins doit appartenir à de mieux favorisés que nous.

Madame Albert demanda quelques explications à Julie sur l'enfant que son amie Hortense avait eu la pensée de placer, au moyen de cotisation, comme pensionnaire dans un couvent d'Augustines. L'histoire était touchante : elle fit sortir de sa rêverie notre ami Norbert qui, jusque-là, couché dans son fauteuil et tourné vers le feu, n'avait cessé de regarder les tisons.

— J'ai entendu des hommes expérimentés, reprit Clarisse, s'élever contre les divers patronages qu'on voudrait mettre à la mode. Suivant eux, il est imprudent de substituer une influence étrangère à l'action naturelle d'un père et d'une mère sur leurs enfants. On détruit ainsi l'esprit de famille.

— Cette fois, votre sœur nous parle d'une orpheline, dit l'avocat avec un sourire légèrement ironique.

— Mais pas du tout, Monsieur; le père vit toujours, et tout dénaturé qu'il est, on pourrait bien le retrouver, et l'obliger à se charger de sa fille. En vérité, il est trop commode pour ces gens-là de s'affranchir des devoirs les plus impérieux : on se fait en quelque sorte leur complice en les habituant à compter sur la charité pour les remplacer auprès des enfants qu'ils abandonnent.

—Vous croyez donc, demanda Norbert, que, dans l'intérêt de la morale, nous n'avons rien de mieux à faire, ce soir, que de refuser notre offrande à votre sœur?

— Je crois, du moins, qu'il serait facile de découvrir la résidence du père ; que celui-ci doit garder sa fille ou la confier à quelqu'un de son choix moyennant un arrangement dont il supporterait tous les frais.

Un nouveau silence suivit cette déclaration. Les mains jointes sur les genoux, la tête basse, l'avocat s'était retourné vers le foyer. L'histoire de la pauvre abandonnée avait réveillé en lui ce qu'il y a de plus doux et quelquefois aussi de plus douloureux chez un homme de cinquante ans, des souvenirs d'enfance.

Il reprit après quelques instants :

— Vos paroles auraient une apparence de justice pour qui ne verrait que l'indigne conduite de cet homme sans se préoccuper du bonheur ou du malheur de son enfant. Nous déciderons plus tard les uns et les autres si nous devons nous ranger à votre opinion ou contribuer à garnir cette bourse encore vide. Pour le moment, un épisode de ma vie me revient à la mémoire, et j'ai bonne envie de le raconter. D'ailleurs, nous ne sortons pas de la question : vous le reconnaîtrez tout à l'heure.

Un mouvement de curiosité se fit dans le petit cercle formé autour de la table. Notre ami se recueillit un moment, et commença à peu près ainsi :

II

J'avais treize ans, et, pour la première fois, j'allais savoir autrement que par ouï-dire ce qu'on entendait par des vacances. Jusque-là, ma mère, toujours malade depuis son veuvage, n'avait pu me rappeler à Dinan, où elle habitait avec ma jeune sœur, et l'époque si impatiemment attendue par mes camarades du collège de Beaupréau ne s'était distinguée des autres, à mes yeux, que par un douloureux isolement et beaucoup d'ennui. Il faut avoir éprouvé cet ennui trois années consécutives, entre les murs désertés d'une salle d'études, pour comprendre avec quel bonheur je m'élançai dans la voiture qui devait me ramener enfin pour six semaines au bord de la Rance. Tout se réunissait, d'ailleurs, pour donner à ce voyage trop différé une allégresse sans mélange; ma mère m'avait écrit que sa santé s'améliorait de jour en jour;

ma sœur ajoutait à cette bonne nouvelle des projets de parties de campagne où nous devions mettre joyeusement le temps à profit; de plus, j'allais entrer en quatrième; je revenais chez moi en triomphateur, et j'étais si convaincu de l'importance de mon personnage, je lui rêvais partout un accueil si empressé, si glorieux, que j'avais toutes les peines du monde à contenir l'excès de ma joie et de mon orgueil. Un de mes condisciples, qui fit avec moi les deux tiers de la route, ne cessait de me répéter en me poussant du coude, ce vers d'Horace que je ne comprenais pas encore, et qu'il n'entendait guère mieux que moi :

Nunc decet aut viridi...

Mais pardon, mesdames, j'oublie que la langue d'Horace ne vous est pas familière : je redeviens écolier.

J'ai conservé de mes compagnons de voyage, des postillons, des hôteliers, des mendiants même qui, à chaque relai, entouraient notre voiture, une idée si riante et si agréable que je suis fortement tenté aujourd'hui de nier le progrès, au moins en ce qui touche les mendiants, les aubergistes, les postillons et les voyageurs. Sur un chemin d'une quarantaine de lieues, je ne me rappelle que physionomies avenantes,

regards de bienvenue et paroles de bon accueil.
Ce fut bien autre chose encore à mon arrivée
dans la maison de ma mère! La pauvre femme
ne pouvait détacher ses lèvres de mes joues,
qu'elle inondait de ses pleurs. J'étais son premier né et l'enfant chéri qu'elle se reprochait
d'avoir laissé si longtemps en exil ; Rosalie, ma
sœur, me prodiguait aussi ses caresses. Ce fut
un beau jour dans ma vie que celui-là!

Notre première entrevue avait lieu dans une
cour dominée par un frais jardin, et commune
à deux maisons blanches qui, avec leurs per-
siennes grisâtres, leurs perrons de sept marches
et la vigne entourant les fenêtres de capricieux
festons, se ressemblaient comme deux sœurs ju-
melles. L'une de cês maisons appartenait à ma
mère, l'autre était habitée par la famille d'un
capitaine au long-cours. Ma mère et ma sœur
me tenaient chacune un bras et se disposaient à
me conduire dans la petite chambre qu'elles
m'avaient préparée, lorsqu'une voix enrouée,
étrange, répéta deux fois mon nom au-dessus de
ma tête. Je tressaillis. Au même instant un éclat
de rire enfantin partit de la terrasse au fond de
la cour, et j'aperçus, entre des sorbiers garnis
de leurs grappes de corail, deux jolies têtes
blondes qui se penchaient curieusement de notre
côté. Ma sœur leur fit un signe de la main en

riant aussi, et la voix que j'avais entendue d'abord recommença son appel :

— Ferdinand! Ferdinand!

Puis, aussitôt, sans aucune transition de nature à ménager ma délicatesse :

— As-tu déjeuné, Jacquot? Ferdinand, as-tu déjeuné?

Cette singulière alliance de mots ou plutôt cette confusion excita l'hilarité de ma sœur et des deux enfants qui lui répondaient de la terrasse. Je m'associai franchement à leur gaieté. Quel bonheur! un perroquet, moi qui me montrai déjà si fier au collége d'un geai assez maussade que j'élevais sous un vieux carton de chapeau!

— Il est du plus beau gris perle, s'écria Rosalie en m'entraînant dans la maison; sa queue est rouge, son plumage lustré, son bec noir, son œil d'or! Et puis, Cécile et moi, nous lui apprenons tant de choses depuis un an pour te divertir!

Nous étions arrivés en quelques bonds dans la chambre qui m'était destinée. Je ne vis point alors avec quel soin ma mère avait orné cette chambre; je n'eus pas un regard pour les livres élégamment reliés, le pupitre en palissandre, les géraniums blancs et roses, qui, à travers les vitres, se mêlaient aux feuilles de la vigne; je n'avais d'yeux que pour l'oiseau, perché sur son bâton, la tête de côté, montrant seulement un œil, de l'air le plus narquois, le plus insolent. Après s'être fait prier quelques instants pendant lesquels il multiplia les attitudes provocantes, tantôt se dandinant comme un jeune fat, tantôt marchant d'un pas grave et se rengorgeant comme un nouvel enrichi, monseigneur le perroquet daigna montrer enfin ce qu'il savait faire. Il commença d'abord par m'appeler plusieurs fois en accompagnant mon nom de grands éclats de rire. Cette manière de réclamer mon attention me fit un plaisir extrême, et je me sentis parfaitement disposé à couvrir d'applaudissement une danse savoyarde que notre savant emplumé exécuta d'une façon vraiment comique. J'étais émerveillé, et je ne savais comment remercier ma sœur de l'aimable surprise qu'elle me préparait depuis si longtemps.

« Non, non, garde tout cela pour Cécile, me disait Rosalie en me poussant vers la fenêtre, et la main tendue vers les sorbiers. Jamais ce sournois de Perle n'aurait appris à danser la catarinette sans la patience de Cécile, qui n'épargnait rien pour réussir. Oh! tu vas connaître Cécile et son petit frère Félix! Elle est si jolie notre petite voisine! plus jolie encore que Perle! »

Cela me paraissait difficile; cependant, quelques heures après, je partageais entièrement l'opinion de ma sœur.

Le père de Cécile se nommait M. Arnaud; il voyageait en ce moment dans les mers de l'Inde. Sa famille, avec laquelle je fis bientôt connaissance, se composait d'une femme et de deux enfants, dont l'aînée, la jeune fille, avait dix ans, et le plus jeune, Félix, quatre ans à peine. Madame Arnaud s'était mariée tard, et elle avait déjà dépassé son huitième lustre à l'époque où j'entrai pour la première fois dans son salon. Elle était grande, pâle, amaigrie, fatiguée par les bals, les spectacles qu'elle recherchait avec passion depuis plus d'un quart de siècle. Je vous citais Horace, il n'y a qu'un instant; eh bien! la philosophie de ce poëte serait ici de l'histoire : « Garde-toi, disait-il, garde-toi de t'informer de ce qui peut arriver demain, et chaque jour que le sort te donne, regarde-le comme autant de gagné. Je hais la main trop économe. Que tout soit jonché de roses! Tu sauveras des mains d'un héritier ce que tu donnes à tes plaisirs. »

Autant notre maison, souvent attristée par les maladies de notre mère, était grave et silencieuse, autant la demeure de madame Arnaud était animée et bruyante. Ma mère n'avait pas

encore permis à Rosalie de se réunir à la petite
société qui se rassemblait presque tous les soirs
chez la mère de Cécile ; mais elle ne voyait aucun inconvénient à laisser ma sœur jouer et courir, dans le jardin voisin du nôtre, avec une enfant de son âge. Cette enfant, d'ailleurs, possédait
plusieurs talents : on admirait sa force sur le
piano, et l'étendue de sa voix, la pureté de son
chant auraient fait pâlir plus d'une cantatrice
en vogue. On la louait beaucoup, et sa mère
n'épargnait rien pour lui faire jouer le rôle
d'un petit prodige. Heureusement, le bon naturel de l'amie de ma sœur triomphait de cette
position dangereuse : il était impossible de
trouver plus de simplicité et de joyeux abandon.

Il ne s'était pas écoulé trois jours que l'intimité la plus cordiale et la plus confiante régnait entre les trois autres enfants et moi. Perle
avait beaucoup aidé à ce résultat, et je m'en
trouvais si bien, que j'aurais voulu passer toutes les années de ma vie sous les sorbiers du
jardin ou dans le salon de madame Arnaud ; je
dis le salon, car cédant aux instances réitérées
qui lui étaient faites, notre mère nous permit
enfin d'y figurer quelquefois. Cette autorisation, qui nous fit bondir d'allégresse, ne fut
pas donnée sans inquiétude. Étonnés , nous
nous demandions, Rosalie et moi, comment on

pouvait hésiter un instant à nous laisser voir une société si gaie, si amusante. Aujourd'hui je ne m'étonne plus que d'une chose, c'est que la bonté de notre mère ait pu l'emporter ainsi, en cette occasion, sur sa prudence.

III

Les soirées se passaient à faire de la musique, à jouer des charades, et surtout à lire des romans. Assises dans un coin, devant un damier ou un jeu de patience, Rosalie et sa compagne ne prêtaient aucune attention aux infortunes de *Malvina*, de *Mathilde*, aux terreurs de l'héroïne des *Mystères d'Udolphe;* mais moi, sous le charme des belles éplorées, je suivais leurs aventures avec tout l'intérêt de la passion. Madame Arnaud achevait de se fausser l'esprit par ces lectures qu'elle rendait plus dangereuses encore en supposant dans son petit cercle des situations analogues à celles dont l'entretenaient Anne Radcliffe et madame Cottin. Je me souviens, par exemple, d'un jeune avocat, qu'elle disait atteint d'une maladie de langueur par suite d'une inclination malheureuse, et sur les souffrances duquel elle voulut, un jour, devant moi, attendrir une jeune fille qu'elle supposait l'objet de cet amour lamentable. La pauvre enfant sortit du salon le cœur navré, et persuadée qu'il lui fallait choisir au plus tôt entre un mariage qui lui souriait peu, et la douleur de causer la mort d'un galant homme. Celui-ci, heureusement, ne la laissa pas longtemps dans cette perplexité. On apprit, le lendemain, qu'il épousait une héritière à moitié idiote, dont le rusé compère convoitait la dot depuis trois ans.

Cet affront à sa perspicacité ne découragea point la mère de Cécile, car, deux ou trois jours après, elle recommença ses suppositions chimériques en choisissant d'autres héros. Pour moi, je vous le disais tout à l'heure, je prenais goût à ces histoires, et j'écoutais surtout avec ravissement le récit des amours précoces telles qu'on en rencontre aux premières pages d'un grand nombre de romans. Tout ce qui pouvait me donner quelque importance me souriait alors, et je n'eus pas de peine à me persuader, excité par les insinuations de madame Arnaud, que l'âge de treize ans était fort convenable pour choisir et être choisi. Choisir? J'aurais tort de vous laisser croire que, dans mon imagination d'écolier, Cécile pouvait avoir des rivales. Non, je n'avais à décider qu'entre les différents moyens de passer agréablement mes premières vacances : il fallait seulement savoir si je jouerais à l'amoureux pendant un mois ou si j'accorderais la préférence à d'autres amusements ; à colin-maillard, par exemple, ou au cheval fondu.

Je m'arrêtai au premier parti, et, pour n'avoir pas à revenir sur ma décision, j'usai deux lames de canif à graver sur les arbres du jardin le nom de mon enchanteresse. Mes initiales et des enjolivements d'un goût douteux achevèrent de donner à ce travail je ne sais quoi de hardi et de solennel qui me causa bien quelque trouble lorsque, caché derrière une charmille, je vis les deux petites amies y arrêter les yeux en même temps.

— Tiens, que c'est donc joli! s'écria ma sœur en prenant dans ses bras le petit Félix pour lui faire admirer mon chef-d'œuvre.

— Où êtes-vous, Ferdinand? ajouta sa compagne avec autant de sérénité. Venez donc, monsieur, et écrivez encore quelque chose devant nous.

Je sortis de ma cachette, assez mécontent qu'on attachât si peu d'importance à ce qui me semblait un aveu des plus téméraires. Perché sur l'épaule de Cécile qu'il ne quittait guère dans nos promenades au jardin, Perle m'accueillit par son mouvement de tête habituel et un éclat de rire presque insultant. Cet oiseau était bien l'être le plus goguenard qu'on pût rencontrer : lorsqu'il inclinait le cou et relevait bizarrement le bec en me jetant un regard oblique, je n'étais jamais parfaitement à l'aise.

— Que voulez-vous que j'écrive? demandai-je d'un air piqué.

— Eh! n'importe quoi! dit Rosalie.

— Non, non, s'écria la sœur de Félix, quelque chose de drôle, d'amusant, le nom du père Toussart, par exemple.

Le père Toussart ou plutôt l'individu qu'on désignait à Dinan par ce sobriquet, faisait partie, en qualité de premier comique, d'une troupe de comédiens dont les représentations venaient de commencer. Il n'était bruit dans la ville que des soirées désopilantes dues à la franche gaieté du père Toussart, dont le nom venait de quintes de toux qu'il mêlait invariablement à ses rôles, et toujours de façon à provoquer le fou rire des spectateurs. La demande de Cécile acheva mon désappointement. Toute idée sentimentale s'effaçait devant le souvenir du comédien; aussi refusai-je assez aigrement de sacrifier une lame de canif pour graver le nom d'un bateleur.

— Vous êtes bien dédaigneux, dit l'enfant

avec un haussement d'épaules que je vois encore, et si Perle vous ressemblait, je ne l'aimerais point. Perle, mon vieux camarade,
veux-tu danser Catarinette en l'honneur du
père Toussart? Voyez! le voilà qui se dandine
et se dispose à danser. Bien, Perle! à la bonne
heure, mon garçon! Tu es plus gentil que ton
maître.

Heureux Perle!... Un odieux rival, pensai-
je; mais non, l'instant d'après, le passage d'un
papillon avait fait oublier l'oiseau, le père
Toussart et le nom gravé sur l'écorce.

Seul, je me souvenais de tout, excepté de
mon zèle pour l'étude et de l'ambition que j'a-
vais eue jusque-là d'expliquer bientôt Horace
et Tacite. Qu'était-ce, en effet, que l'admiration
d'un professeur en lunettes auprès d'un regard
satisfait de mon idole?... Décidément, j'étais
amoureux; il fallait bien le reconnaître au soin
que je prenais de recourir tous les jours à la
pommade pour ramener à l'ordre une mèche
rebelle; aux questions que j'adressais à ma
sœur sur la bonne grâce de mes nœuds de cravate; à mes exigences soudaines, à ma ty-
rannie féroce envers la malheureuse servante
chargée de brosser mes habits et de cirer mes
souliers. Je convoitais aussi avec fureur les gi-
lets soie et velours, tels que les portaient les

jeunes gens les plus à la mode, et je ne pouvais arrêter les yeux sur mon miroir sans trouver ma bouche trop grande et mon nez trop long. Je trouvais également des indices sur l'état de mon cœur, dans mes soupirs, à l'église, au moment des publications de mariages, et dans la grande consommation de sucre candi que je faisais uniquement parce que Cécile daignait en accepter des morceaux. Mes préoccupations et mes prévenances étaient remarquées, sinon par l'aimable enfant qui en était l'objet, du moins par madame Arnaud. Celle-ci employait, pour m'encourager, un petit manége que ma candeur et ma vanité accueillaient également bien. Elle s'inclinait vers l'oreille d'un habitué du salon, et assez haut pour qu'il me fût possible de l'entendre :

— Pourquoi pas? disait-elle : il y a des exemples d'attachement sérieux qui se sont formés dès cet âge-là. Nous verrons! nous verrons!

Je me croyais donc fort épris, ce qui n'empêchait pas les distractions de se succéder dans ces journées délicieuses où tant de nouveaux plaisirs se disputaient mes moments. Si vous connaissez Dinan et la beauté de ses campagnes, figurez-vous ce que devait être ce jardin dominant la vallée de Léhon! figurez-vous nos promenades aux alentours, tantôt perdus dans l'obscurité des bois, tantôt bercés sur les eaux de la Rance entre deux rivages enchanteurs. J'ai revu souvent depuis les mêmes lieux, mais en visitant pour la première fois ces groupes de rochers, ces ruines de châteaux et d'abbayes, je sentais en moi des ravissements, des élans de félicité qu'un autre âge ne m'a jamais rendus.

IV

Les vacances allaient finir, et, pour la quatrième ou la cinquième fois, nous partagions, ma sœur et moi, un dîner sur l'herbe, auquel nous avait invités madame Arnaud. Le couvert avait été mis sous les châtaigniers avoisinant l'abbaye de Saint-Magloire, et déjà l'on avait chanté des chœurs, des duos, en s'accompagnant tour à tour de la guitare et du hautbois. Jamais la gaieté n'avait été plus expansive et plus folle. Tout à coup Cécile, qui venait de se surpasser dans une ariette de Méhul, se plaignit de la fatigue, et sortit de notre cercle d'un air pensif; je la suivis du côté des ruines vers lesquelles elle se dirigeait, et j'y entrai sur s es pas.

« Toujours les mêmes, dit à demi-voix madame Arnaud : Germeuil et Nina ; Paul et Virginie !

Sans l'avoir entendue, Nina ou Virginie alla s'asseoir sur un chapiteau renversé. Elle ne m'aperçut qu'alors.

— Ferdinand, dit-elle, laissez-moi seule ici un moment. Tout à l'heure, en chantant, j'ai senti que j'allais pleurer, et j'ai voulu cacher à maman...

Elle ne put achever. Sa tête tomba dans ses mains, et je vis ses pleurs couler à travers ses doigts.

Je peindrais difficilement ma surprise.

— Cécile, m'écriai-je, que vous est-il donc arrivé ?

— Je ne puis le raconter, Ferdinand, reprit-elle en pleurant toujours ; maman me l'a défendu ; mais j'ai peur, oh ! j'ai peur, et je suis bien triste ! Si vous saviez ce que papa écrit... Et puis, il y a un méchant homme qui nous chassera de notre maison et qui prendra mon piano.

L'idée qu'il se trouverait un homme assez barbare pour affliger celle que j'aimais et qui me parlait d'un ton si doux me paraissait invraisemblable. La chasser de sa maison ! prendre son piano ! et de quel droit ? Nous avons des lois qui empêchent de piller les gens. Ne pouvait-on à temps prévenir la gendarmerie ? Un mot seulement, et je me chargeais de ce soin.

Ma proposition n'eut aucun succès, et l'enfant refusa de s'expliquer davantage. Rosalie vint nous rejoindre l'instant d'après, et, avec elle, madame Arnaud qui ne nous laissa plus seuls le reste du jour. Je revins chez moi très-préoccupé et regrettant amèrement de m'éloigner au moment même où quelque péril menaçait ma petite amie. Forcé de partir dans moins de quarante-huit heures, je voulus avoir la consolation de veiller une nuit ou deux à la sûreté du piano. Remonté dans ma chambre, j'allai donc m'asseoir résolûment près de ma fenêtre, et, l'oreille attentive, l'œil au guet, j'attendis jusqu'à deux heures du matin l'ennemi secret qui semblait en vouloir à l'épinette de Cécile. Le misérable ne paraissait point. J'étais accablé de sommeil, et, malgré moi, tout en adressant les plus durs reproches à ma faiblesse, je finis par tomber tout endormi dans un fauteuil.

Ce fut là que ma mère me retrouva quelques heures après.

— Comment ! s'écria-t-elle, tu ne t'es pas couché cette nuit ?

Il fallut répondre.

— Ma mère, j'étais là en sentinelle... Cécile

pleurait hier, et, sans vouloir se confier à moi, elle ne m'a pas caché que des méchants se disposaient à persécuter sa famille. J'ai pensé qu'ils viendraient peut-être cette nuit... et alors...

— Alors, reprit ma mère, tu veillais pour prévenir un enlèvement ; ta jeune imagination se figurait déjà quelques scènes des *Mystères d'Udolphe* ou du *Confessionnal des Pénitents noirs*. Pauvre cher enfant! rassure-toi de ce côté : il s'agit simplement d'un propriétaire dont l'unique tort est de croire qu'avant de passer sa vie dans les plaisirs, il serait urgent de songer d'abord à payer son loyer. Je te fais cette confidence pour t'inviter à tirer profit des semaines que tu viens de passer dans une société trop frivole. Notre maison est si triste que le courage m'a manqué pour te retenir près de moi. Cependant, il est temps que ces relations finissent, surtout pour ta sœur, et je n'ai pu me défendre d'un mouvement de satisfaction en apprenant que tes nouveaux amis allaient habiter à l'autre extrémité de la ville.

Ma mère avait compté sans mes treize ans et mon ignorance complète du monde, en se figurant que les embarras d'argent dont elle me parlait seraient pour moi une leçon de morale. Loin de dépoétiser à mes yeux la mère de Cécile, je sentais que sa détresse me la rendait plus chère, et je me demandais généreusement comment je pourrais venir à son secours. On racontait au collége l'histoire de trois écoliers qui, au moyen de privations héroïques, et en s'aidant aussi de la vente de quelques vieux livres, étaient parvenus à se procurer une somme suffisante pour aller s'établir en Robinsons dans une île déserte. Pourquoi, me dis-je, ne ferais-je pas également des économies? J'achetais autrefois pour mon déjeuner des pruneaux, du fromage... C'est fini maintenant! J'aborde résolûment le pain sec!... Et puis, combien de choses inutiles dont je trouverais bien à me défaire! Voyons : du papier, une plume ; écrivons une liste.

Et je passai une bonne heure assis devant mon pupitre, dressant l'état des richesses dont je croyais pouvoir disposer : 1° une petite montre d'argent toute bosselée et dont l'aiguille marquait invariablement midi ; 2° une bourse en filet, percée à l'une de ses extrémités, mais dont les anneaux en chrysocale brillaient toujours du plus vif éclat ; 3° un vieux dictionnaire latin privé de son titre, taché d'encre et signé de mon nom presque à toutes les pages. Ces superfluités et d'autres encore avaient leur valeur. La vente faite, je pouvais en envoyer le produit à madame Arnaud, au moyen d'une lettre anonyme.

« Un parent éloigné et favorisé de la fortune
« vient d'apprendre, etc. » C'était charmant.

En attendant, j'étais fort peiné de me séparer
de Cécile, et je le regrettais d'autant plus que
ma mère m'avait dit son projet de cesser toute
relation avec madame Arnaud. Si j'allais être
oublié à Dinan, tandis que je sacrifierais à Beaupréau les pruneaux, le fromage, le dictionnaire
et le reste ! Une idée sublime me vint, ou plutôt, cette idée, le perroquet me la suggéra :

— Ferdinand ! cria-t-il de sa voix moqueuse,
Ferdinand ! Rosalie ! Cécile !

— Oui, Perle, c'est toi, mon chéri ; c'est toi
qui lui parleras de ton maître, le matin, à midi,
le soir, toujours ! Je vais prier, supplier ma
mère... Oh ! Perle, que tu vas être heureux !
vite, dis-moi que tu es content, dis-moi merci.

Perle allongea le cou en arrêtant sur moi son
regard de côté, et voulant apparemment me
prouver sa joie plutôt par des actions que par
des paroles, il dansa la catarinette. J'étais ravi.

L'affaire s'arrangea comme je l'avais désiré.
Notre mère n'était pas fâchée de reconnaître
ainsi des politesses qu'elle n'avait acceptées,
pour nous, qu'à contre-cœur. En outre, l'oiseau
prononçait fréquemment le nom de Cécile ; ce
nom, mieux valait ne plus l'entendre après la
séparation entre celle qui le portait et ma jeune

sœur. Je ne connus que plus tard les motifs du bon accueil fait à ma requête. Peu m'importaient les motifs pourvu que le cadeau fût autorisé.

L'oiseau sur le poing et dans l'autre main la cage, j'allai rejoindre Cécile au jardin, où je la trouvai portant le petit Félix dans ses bras et le berçant joue contre joue, comme pour l'endormir. Perle était également chéri de tous les deux, et ils poussèrent en même temps un cri de plaisir en apprenant que désormais le perroquet ne les quitterait plus. Dans l'élan de sa reconnaissance, Cécile ne vit rien de mieux que de me faire embrasser trois fois son petit frère.

Ce fut tout; et j'eus la mortification de voir que la possession de l'oiseau compensait, et au delà, pour notre compagne de jeux, l'idée de mon prochain départ. Elle semblait avoir oublié aussi toutes les appréhensions de la veille. Du reste, son rire si franc et si joyeux eut bientôt raison de mon dépit. La journée se passa aussi gaiement que de coutume, et le soir, en disant adieu à madame Arnaud, j'avouai tout bas que pas un de mes camarades de collége ne me consolerait de l'absence du petit Félix et de sa sœur.

— Cher, bien cher monsieur, répondit madame Arnaud, je vous ai deviné depuis longtemps, et je vous supplie de ne pas vous laisser abattre par le chagrin; vous avez treize ans accomplis, et, dans votre position de fortune, à vingt ans, rien ne vous empêchera, j'espère, de vous marier. En attendant, voici un petit souvenir dont vous apprécierez l'intention : c'est la romance de l'*Amandier* copiée par *elle*, une romance délicieuse que vous connaissez déjà et que vous chanterez, là-bas, en pensant à nous.

Et la dame, avec un attendrissement bien joué, murmura deux ou trois vers de la romance de M. de Ségur :

> O toi qui sept fois dois renaître
> Avant que nos nœuds soient formés!

J'étais enfin pris au sérieux dans mes velléités romanesques. Quel honneur pour un écolier! Il y avait là de quoi me consoler de tous les chagrins.

Je partis; et si j'avais réellement besoin de consolations en quittant Cécile, j'en trouvai d'autres que ce petit mouvement de vanité. Une foule d'amis attendaient mon retour à Beaupréau, et ces amis se montraient si gais en toute occasion, qu'il était impossible de conserver seulement deux jours, au milieu d'eux, des pensées mélancoliques. Les couplets où l'exemple de Jacob et de Rachel m'invitait à la pa-

tience, traînèrent un mois dans la classe, et passèrent de main en main jusqu'au moment où
l'un de mes camarades s'en servit pour envelopper un bâton de réglisse. J'ai à peine besoin
d'ajouter que les déjeuners au pain sec restèrent
à l'état de projet. Savais-je si la position de madame Arnaud n'avait pas changé d'une manière
heureuse ? Dans tous les cas, mon premier roman était fini, et lorsque, l'année suivante, je
vis revenir l'époque des vacances, je ne me rappelai la petite compagne de ma sœur que comme
je l'eusse fait d'un garçon de mon âge, bon,
aimable, et joignant à ses mérites personnels
l'avantage de posséder un beau perroquet.

V

Il s'était passé bien des choses à Dinan pendant mon absence.

D'abord, la semaine qui suivit mon départ,
madame Arnaud avait quitté notre voisinage
pour aller occuper, dans la rue de l'Horloge,
un logement d'un prix moins élevé. Les parents
de Cécile étaient entièrement ruinés, et les folles
spéculations du père dans ses voyages, les pro-
digalités de la mère, insatiable sur le chapitre

toilette et plaisirs, avaient eu part égale à ce résultat. Du reste, aucun des deux époux n'avait
tenté un effort pour arrêter l'autre sur la pente
où il se laissait glisser :

« Chère amie, écrivait le marin, je viens de
risquer dans une fatale entreprise la dernière
somme que tu as réussi à me procurer. Impossible maintenant de songer à revenir en France,
où mes créanciers ne me laisseraient pas un
instant de repos. Que faire dans une situation
aussi pénible pour tous les deux, sinon chercher l'oubli de nos peines au milieu des bruits
du monde? Pour moi, je ne refuse aucune invitation, je suis de toutes les fêtes, et j'aime à
penser que de ton côté tu n'agis pas autrement.
Nos pauvres cœurs se briseraient s'ils ne s'é-
tourdissaient point; et si, pour t'engager à te
distraire, afin de conserver ta santé, il me fallait insister encore, je te dirais que tu es mère,
et que tes enfants ont besoin de toi. Chers enfants! que feraient-ils des pauvres ressources
échappées à notre désastre si nous venions l'un
et l'autre à leur manquer? Ah! crois-moi :
c'est surtout dans leur intérêt que nous devons
employer le peu qui nous reste à nous créer des
amis, des relations qui pourront leur être utiles
un jour. »

Ces conseils n'étaient pas de nature à être

méprisés par madame Arnaud ; aussi, ayant à
choisir entre le payement de son loyer et l'a-
chat d'une robe nouvelle, n'hésita-t-elle pas
un instant à prendre ce dernier parti. Par un
malencontreux hasard, son propriétaire entra
dans le magasin de nouveautés au moment
même où le commis pliait l'étoffe précieuse et
en recevait le prix. Une scène assez vulgaire
faillit avoir lieu immédiatement, mais le créan-
cier se contint et attendit jusqu'au soir pour
demander à sa locataire une explication qui, à
la vérité, fut très-orageuse. Cécile y faisait allusion dans les ruines de l'église de Saint-Magloire. Cependant, ce que la pauvre enfant re-
doutait le plus n'arriva point : quelques pièces
d'argenterie, une pendule, des flambeaux, un
fauteuil en tapisserie suffirent pour contenter
le propriétaire. Le piano fut respecté, et cet
instrument devint, dans la rue de l'Horloge,
l'ornement principal du salon dépouillé de
madame Arnaud.

Il y a quelque chose d'effrayant, pour qui sait
observer et réfléchir, dans la vente du meuble
le moins utile, dès que cette vente est provo-
quée par le besoin. On dirait qu'il existe entre
les divers objets rassemblés peu à peu autour
de nous, témoins de nos joies et de nos peines,
un lien secret, et qu'il suffit d'en écarter un

seul pour que celui-ci, par je ne sais quelle attraction, entraîne après soi tous les autres. Madame Arnaud devait l'éprouver, et le dénûment complet arriva d'autant plus vite à son foyer, qu'elle fut atteinte d'une maladie grave à la suite d'un bal. Le mari n'en dînait pas moins bien, à Calcutta, chez de riches Anglais dont il avait fait ses amis, et tandis que, par intérêt pour sa famille, le marin philosophe prenait ainsi ses précautions contre le spleen, pas une pièce d'or ou d'argent envoyée par lui ne venait le rappeler à sa femme et à ses enfants. Ces derniers se trouvèrent bientôt dans une détresse et un isolement douloureux à peindre. Les habitués du salon, attirés naguère par le plaisir, ne se montraient plus, et la servante, fatiguée de ne pas recevoir de gages depuis quatre ou cinq ans, avait profité de la fièvre de sa maîtresse pour la quitter en se payant par ses mains. Une petite fille de dix à onze ans demeura donc seule, dans cette maison désolée, pour soigner à la fois son jeune frère et sa mère mourante.

Peu de jours après mon retour au collége, ma mère avait emmené ma sœur à Rennes, où elles devaient passer l'hiver chez un vieux parent. Le but principal de ce voyage était d'éloigner l'une de l'autre les deux jeunes amies, et pourtant, si ma mère était restée trois mois de plus à Dinan, si elle avait pu connaître la misère et l'abandon de la famille Arnaud, des considérations de prudence ne l'auraient pas empêchée d'accourir chez la malade pour lui apporter secours et consolations. Le ciel ne voulut point accorder ce dernier appui à l'innocence de Cécile. Héias! regardez autour de vous : partout vous reconnaîtrez une loi impérieuse et terrible qui punit les pères dans leurs enfants !

La musique et les applaudissements du salon, les leçons de toutes sortes dans le meilleur pensionnat de la ville, les jeux dans le grand jardin avaient fait place aux occupations les plus pénibles et les plus vulgaires. Il fallait être à la fois cuisinière, femme de chambre, ouvrière, garde-malade, et encore ces fonctions que lui imposait la nécessité, Cécile avait pris à tâche de les remplir d'un air riant pour ne pas ajouter un chagrin de plus aux chagrins de madame Arnaud. Celle-ci souffrait beaucoup, et malgré son désir de laisser reposer sa fille après des journées si laborieuses, elle était obligée de la réveiller plusieurs fois la nuit pour lui demander quelque service. De son côté, le petit Félix n'épargnait pas celle qu'il appelait sa sœur-maman, et si le zèle de cette dernière ne

s'effrayait point de tant de fatigues au-dessus de
ses forces, son visage amaigri, ses joues pâles,
ses yeux abattus avertissaient qu'elle y succom-
berait bientôt.

Après une de ces nuits sans sommeil, et en
revenant de la maison du revendeur, d'où, en
échange d'un objet cédé à vil prix, elle rapportait de quoi vivre une semaine, Cécile, oppressée et n'en pouvant plus, fut obligée de s'appuyer un moment, pour se soutenir, sur la
rampe de l'escalier, à quelques marches de sa
porte. Elle était là, presque évanouie et le front
dans ses mains, lorsqu'une voix d'homme,
adoucie par la compassion, lui demanda ce
qu'elle avait, et si elle n'était pas souffrante.
Cécile rougit beaucoup ; elle répondit en balbu-
tiant qu'elle avait peu dormi la nuit précédente,
et que, de plus, le panier posé à ses pieds était
bien lourd.

— Seriez-vous l'enfant de la dame malade ?
continua doucement l'inconnu, et sur la réponse affirmative : J'ai entendu parler de vous
et de votre courage, chez un marchand du
quartier. Moi-même, j'habite là haut, sous le
toit, depuis une quinzaine. Pauvre chère petite ! si ma femme ou moi pouvions vous aider
en quelque chose, que votre mère dispose de
nous. Dites-lui cependant qui nous sommes,

car peut-être refusera-t-elle de nous recevoir
en apprenant.....

L'obligeant voisin ne put achever : un siffle-
ment aigu sortit de sa poitrine, et, à la suite,
une quinte de toux violente lui contracta le
visage et le fit changer de couleur. Malgré
l'expression douloureuse des traits qu'elle avait
devant les yeux, Cécile se les rappela tout à
coup.

— Est-il possible! s'écria-t-elle avec étonnement, et moi qui ai tant ri au théâtre quand
vous toussiez!

— J'ai dû m'étudier à rendre comique la
maladie qui me tue, répliqua le comédien, car
je n'avais pas d'autre moyen de la faire supporter par les spectateurs. Vous me connaissez
maintenant, et vous pouvez offrir à votre mère
les services d'un pauvre ménage d'acteurs.

L'histoire du père Toussart, ainsi qu'on l'appelait, ou de Simonnin, nom qu'il se donnait
lui-même sans y avoir plus de droit, peut se
raconter brièvement. Un jeune homme dissipé,
indolent, obtient des succès de salon dans la
chansonnette comique, et à la suite de querelles
de famille, songe à vivre de son talent en se
faisant comédien. Cette résolution désespérée,
jointe à un mariage extravagant avec la fille
d'une ouvreuse de loges, achève de lui fermer

le cœur de ses parents. Le temps marche, et
avec les années arrivent les déceptions et les
amers repentirs. La maladie survient, amenée
peut-être par de coupables excès; n'importe!
le corps exténué, l'âme en deuil, il faut chanter, il faut danser, afin d'amuser la foule qui,
pour siffler son bouffon, n'attend de sa part
qu'un instant d'oubli. Oh! combien de fois,
devant des jeunes gens qui rêvaient des succès
de théâtre, n'ai-je pas senti s'éveiller en moi
une pitié profonde pour les objets de leur envie
et de leur admiration! Sans doute, il n'existe
pas d'état qui n'ait sa part de douleurs, mais
le comédien, par cela seul qu'il n'est qu'un
masque, un écho, un mensonge, qu'il ne peut
disposer à son gré de ses impressions, de son
sourire et de ses larmes, le comédien me paraît avoir choisi de toutes les professions la
plus misérable.

S'il eût connu le caractère léger de madame
Arnaud, il est probable que l'acteur compatis-
sant n'eût pas hésité à se présenter chez elle.
Du reste, de plus délicates dans le choix de
leur société, mourantes et délaissées comme
l'était maintenant cette femme, n'eussent peut-
être pas repoussé plus qu'elle ne le fit elle-
même la main secourable du Samaritain. Celui-ci, pour premier service, consentit à rece-

voir, en qualité de pensionnaire, le perroquet
dont les chansons et les éclats de voix fati-
guaient beaucoup la malade. Madame Simonnin aussi, malgré la vulgarité de son langage
et le peu d'élévation de ses sentiments, se plut
à seconder son mari dans tout ce qu'il fit
pour alléger le fardeau qui, jusque-là, avait
pesé uniquement sur la petite fille. Ainsi, tandis que ma sœur, entourée des familles les plus
honorables, des relations les plus sûres, vivait
heureuse et préservée de tout mal, sa compagne, non moins innocente pourtant, veillait au
chevet d'un lit d'agonie, dans la compagnie de
deux comédiens!

VI

Je crois vous avoir dit tout à l'heure que
Simonnin déplorait les fautes de sa jeunesse et
avait pris sa profession en dégoût. Assis au
foyer de madame Arnaud, il lui arrivait parfois de passer des heures entières les yeux
fixés sur Cécile et plongé dans ses réflexions.
Il voyait la petite ménagère réparer à la clarté
d'une mince chandelle les vêtements de Félix; il l'entendait enseigner à son jeune frère

les leçons du catéchisme qu'elle apprenait elle-
même pour se préparer à sa première communion ; il la suivait enfin du regard auprès du
lit de la malade, et l'écoutait avec une émotion
indicible parler d'espérance et de doux projets
d'avenir.

« Prenez courage, chère maman, disait l'excellente enfant en souriant gaiement à sa mère.
Papa deviendra riche encore une fois ; il saura
bien alors nous retrouver, et d'ici là, quand
vous pourrez agir et n'aurez plus besoin de
moi pour vous soigner, je gagnerai notre vie à
tous en donnant des leçons de musique aux plus
jeunes élèves de mon ancienne maîtresse de
pension. Je suis sûre que mademoiselle Octavie
est bonne et qu'elle voudra bien m'aider. Allons, allons, maman chérie, regardez-moi
encore d'un air content comme vous le faisiez
autrefois !

— D'un air content ? répondait la malade ;
ah ! Cécile ! je ne puis pas même désirer ma
guérison, quand je pense que je ne retrouve-
rais ni mon épingle en brillants ni mon cachemire vert !

Le comédien prêtait fort peu d'attention à
ces doléances ; mais la tendresse et le courage
de la jeune fille parlaient à son cœur plutôt
égaré que corrompu. Il était évident pour lui

que madame Arnaud n'avait que peu de jours à vivre, et, tout pauvre qu'il était, l'idée de servir de père à l'un des deux orphelins lui souriait délicieusement. Le moment fatal arriva, et, pour l'adoucir, ce fut encore Simonnin qui sut préparer la mourante à réclamer les secours de la religion. L'esprit affaibli de madame Arnaud, et peut-être aussi son insouciance habituelle, ne lui laissaient qu'une idée vague de la position de ses enfants. Elle s'endormit donc sans trop d'angoisses, facilement persuadée que le père absent réclamerait Cécile et Félix au premier jour. Le prêtre qui l'assista n'était pas si tranquille; et, le lendemain de la cérémonie funèbre, il écrivit au comédien pour lui demander un entretien particulier.

Simonnin se rendit au presbytère, et donna sur la situation des deux orphelins les détails suivants. Ce qui restait de l'héritage de la morte avait déjà été saisi par les créanciers. L'acteur aurait bien voulu se charger des deux enfants, mais ce désir avait trouvé chez sa femme une opposition très-vive, et Simonnin s'était résigné à laisser aux administrateurs de l'hospice le soin de faire élever à la campagne le petit Félix. Quant à la sœur, l'autorité municipale n'avait pas fait la moindre objection pour la confier à l'ami de sa mère. Celui-ci se montrait heureux de cet arrangement, et il se proposait d'écrire le jour même à M. Arnaud, pour le prier de ratifier l'adoption qu'il voulait faire.

Le prêtre parut affligé.

— Monsieur, dit-il, je serais désolé de vous blesser, et pourtant le devoir m'oblige à vous présenter des observations d'une nature bien délicate. J'ai cru remarquer, en causant avec vous chez cette dame, que votre profession vous pesait. Cette profession, si vous regrettez de l'avoir choisie, c'est qu'apparemment vous en reconnaissez vous-même les inconvénients et les périls. Eh bien! généreux et bon comme vous l'êtes, ne craignez-vous pas pour l'enfant qui vous intéresse...

L'ecclésiastique allait continuer, mais le comédien l'interrompit.

— Oh! s'écria-t-il en se levant brusquement du siége qu'il occupait, je sais tout ce que vous allez ajouter, et sans l'avoir entendu, je puis vous répondre que votre zèle est justifié par mes inquiétudes. Je veillerai sur elle, cependant, avec la sollicitude du père le plus tendre, et je vous promets devant Dieu qu'elle n'entrera pas au théâtre tant que je pourrai m'y opposer. Vous ne savez pas ce qu'a été pour moi cet ange de bonté! J'avais une sœur autrefois, j'avais une mère aussi, et je ne sais comment le doux visage de Cécile m'a rappelé en même temps ma mère et ma sœur. De souvenir en souvenir, les années heureuses de ma vie me sont revenues tout entières dans cette chambre de malade, et tandis que l'enfant, tenant son frère par la main, passait et repassait devant moi, j'étais à cent lieues, j'étais au pays, enfant moi-même, chéri de tous, et sachant prier. Tenez, vous l'apprendrez peut-être avec étonnement, mais il n'en est pas moins vrai qu'en la voyant joindre les mains du petit Félix devant une image de la Vierge, je sentais mes doigts s'enlacer comme ceux du petit garçon, et mes lèvres murmurer tout bas les paroles que le frère et la sœur répétaient ensemble.

Cette conversation me fut rapportée bien des années après par le digne vicaire de Saint-Sauveur qui ne pouvait se la rappeler sans attendrissement. Le but de l'ecclésiastique était d'obtenir de Simonnin qu'il cédât l'orpheline à une protection moins précaire que la sienne, si cette protection se présentait.

— Je n'ai jamais eu d'enfant, Monsieur, reprit l'acteur, et c'est pourquoi j'ai si mal compris jusqu'à présent l'amour de mes parents et l'ingratitude filiale. Fidèle à votre ministère,

vous désirez sans doute la conversion des pécheurs... Eh bien! s'il a plu à votre Dieu d'é-
veiller en moi le désir d'une vie meilleure avec
le sentiment de la paternité, ne m'arrachez
pas, je vous en conjure, ce dernier moyen de
retour à la vertu et à la religion! Vous ne ré-
pondez pas?... Vous pensez, j'en ai peur, que
pour ramener au bien un coupable, nous n'a-
vons, ni vous ni moi, le droit de mettre en
péril un innocent? Oui, je le reconnais, ma
femme n'a point les qualités nécessaires pour
l'éducation d'une petite fille, et notre maison
est ouverte à des amis dangereux. Allez donc,
Monsieur, aller chercher à cette pauvre abandonnée un asile plus sûr, mais que pour demain tout soit irrévocablement décidé. Un délai plus long, vous le comprenez, serait pour
moi un supplice intolérable. Il faudrait un autre courage que le mien pour adopter Cécile
sous la continuelle menace d'une séparation.

Ici, Mesdames, se présente une situation que
vous connaissez, et que nous rappelle la petite
bourse de notre jolie quêteuse : le prêtre espérait aussi que des personnes bienfaisantes con-
sentiraient à payer, pendant quatre ou cinq
ans, la pension de Cécile dans une maison religieuse, et qu'alors la jeune fille en perfec-
tionnant ses talents arriverait sans trop de

peine à pouvoir subvenir elle-même à ses besoins. Sous le charme de cette consolante pensée, il frappa à cinq portes différentes, et le résultat de ses démarches fut le même partout.
Les dépenses nécessitées par les exigences crois-
santes de madame ou de mademoiselle pour sa
toilette, une fête à donner, l'achat d'une corbeille de mariage qu'on voulait très-riche, voilà,
avec une allusion à de nombreuses aumônes
demeurées secrètes, les raisons mises en avant,
ici et là, pour motiver un refus. Dans le dernier salon, cependant, une dame fit preuve de
bonne volonté. Après s'être plainte amèrement
de ses charges comme on l'avait fait ailleurs,
elle offrit généreusement pour l'orpheline un
petit chapeau noir et une robe de deuil.

L'abbé accepta les vêtements, et revint dé-
couragé au presbytère. Il eût été heureux de
prendre à son compte la bonne action qu'il
avait vainement proposée à d'autres, mais sa
pauvreté ne lui permettait pas ce bonheur. La
rougeur au front et la parole embarrassée, ce
digne homme avoua son échec à Simonnin,
qui n'avait plus à craindre maintenant qu'on
lui enlevât l'orpheline.

La compagne de nos jeux fut donc installée
chez le comédien, et le frère envoyé à la campagne chez un journalier de Léhon. Avant de

se décider à quitter sa sœur et son ami Perle, pour suivre des inconnus, Félix pleura beaucoup, et même essaya de résister. Il fallut détacher un à un les doigts du pauvre enfant des barreaux de la cage où l'oiseau, épouvanté par le bruit, battait des ailes et poussait aussi des cris perçants. Cécile étouffait les sanglots qui gonflaient son cœur, et suppliait le petit garçon de suivre docilement la femme qui devait l'emmener. La demeure de celle-ci n'était qu'à trois quarts de lieue de la ville, et Cécile comptait bien s'y rendre deux fois au moins chaque semaine, en attendant le retour de M. Arnaud.

Je voudrais abréger, et ne pas trop multiplier les détails pénibles. Ce double motif m'engage à ne vous parler que très-brièvement de madame Simonnin. Cette femme pouvait rendre, à l'occasion, un bon office, mais elle était acariâtre, intéressée et surtout jalouse. Or, ces défauts trouvaient tous les jours un aliment dans la présence de l'orpheline qui s'efforçait inutilement de plaire à la rude compagne de son bienfaiteur. Par bonheur, cette dernière n'était pas souvent au logis : elle aimait les visites, les courses, le mouvement, et passait les trois quarts de son temps en promenades avec ses camarades de théâtre.

Quant à Simonnin, la tendresse qu'il portait à sa fille d'adoption avait réellement fait de lui un autre homme. Celui qui, après l'avoir applaudi, le soir, dans les rôles du *Rempailleur de chaises*, de M. *Crédule*, de *Gobe-Mouche*, l'aurait vu, le lendemain, sérieux, réfléchi, causant avec Cécile de l'enseignement religieux qu'elle venait d'entendre au catéchisme, celui-là, sans doute, se serait cru le jouet de quelque hallucination. Lorsqu'il se trouvait avec le frère et la sœur, soit dans la mansarde, soit au bord de la mare où le petit Félix, une baguette à la main, gardait les dindons comme Peau-d'Ane, l'acteur comique ne reparaissait en lui, de temps à autre, que pour égayer un peu les orphelins. Il fallait le voir dans ces occasions multiplier les attitudes les plus grotesques, les intonations les plus bouffonnes. Sans joie depuis longtemps pour les bravos de tout un public enthousiaste, ce bon cœur s'épanouissait encore devant le rire ingénu de deux enfants.

Félix avait régulièrement, le dimanche, la visite de sa sœur et du comédien, et, un autre jour de la semaine, il venait lui-même dîner dans la mansarde, où des friandises l'attendaient toujours. Perle aussi lui souhaitait la bienvenue par quelques fragments d'un cou-

plet de vaudeville. L'oiseau retenait avec une
facilité merveilleuse ce qu'il entendait. Une
seule de ces imitations causait une impression
douloureuse à l'orpheline : la toux convulsive
du père Toussart.

VII

Quelques mois s'écoulèrent, et la veille de la
première communion arriva. Cécile entendit
le prêtre recommander à tous les enfants de
demander, avant de s'endormir, la bénédiction
de leurs pères et de leurs mères, et elle revint
chez ses bienfaiteurs le cœur attristé. Madame
Simonnin était absente, et le comédien, assis
dans un vieux fauteuil au coin du feu, étudiait
un rôle à voix basse. L'enfant tout en pleurs
alla s'agenouiller devant lui :

— Ma mère est morte, dit-elle, et mon père
est bien loin... Oh! si vous vouliez me bénir à
leur place!

Simonnin effleura de ses lèvres le front qui
s'avançait vers lui, et fondit en larmes.

Le lendemain, il y avait, au moment de la
cérémonie religieuse, dans un coin de l'église,
un homme qui, depuis longtemps, n'y parais-

sait plus. Cet homme priait avec effusion, et l'on peut espérer que les vœux ardents qu'il adressait au ciel pour un autre n'auront pas été entièrement perdus pour lui.

Quelques heures après, Simonnin entretenait sa fille d'adoption d'un projet qu'il avait formé depuis son retour de l'église.

« Ce que mon orgueil m'a empêché de faire jusqu'ici, dit-il, je veux le tenter dans un mois, à l'époque où mon engagement doit finir. J'écrirai à ma sœur, seul membre de ma famille dont le cœur ne m'est pas encore fermé, et je lui demanderai son appui pour m'aider à quitter une profession qui m'est odieuse. Peut-être me reste-t-il encore des ressources au pays ; et dans tous les cas, nous règlerions si bien nos dépenses, qu'un très-modique emploi me suffirait. Oh ! si je pouvais me voir libre, estimé, heureux dans quelque campagne, et reconquérir un bonheur qu'il a dépendu de moi seul d'obtenir, il y a vingt ans !... »

On a remarqué depuis longtemps que les personnes atteintes de phthisie ne s'occupent jamais autant de plans d'avenir que lorsqu'elles n'ont plus de lendemain. C'était le cas du comédien dont la maladie de poitrine, aggravée par une affection du cœur, était arrivée à son dernier terme. Les douces illusions, les riantes promesses de l'espoir s'effaçaient pourtant quelquefois devant des craintes plus sérieuses. Dans un de ces moments où, plus souffrant que de coutume, l'inquiétude le dominait, le malade voulut consulter un médecin célèbre et renommé pour sa franchise un peu brusque. Celui-ci, après avoir reçu l'assurance qu'il y avait urgence pour son client à connaître l'état véritable de sa santé, n'hésita pas à se prononcer.

« Si vous avez des affaires à régler, dit-il, faites-le sans retard ; vous pouvez aller trois mois, mais l'excitation nerveuse occasionnée par l'entrain que vous mettez à vos rôles, peut raccourcir beaucoup ce délai et vous enlever dans huit jours, dans trois jours, que sais-je ?..... »

Avant de rentrer chez lui, le malade se dirigea vers le presbytère de Saint-Sauveur, où la servante remarqua sa pâleur et son abattement. Il voulait parler au vicaire qui, six mois auparavant, avait assisté madame Arnaud, mais celui-ci était absent jusqu'au lendemain, et le comédien, au lieu de recourir à un autre ecclésiastique, s'éloigna en disant qu'il attendrait.

En ce moment, un groupe de jeunes gens se formait devant une affiche de spectacle :

— Trois vaudevilles, disait l'un d'eux, et le père Toussart joue dans tous les trois! Bon! nous allons rire!

Et, en effet, on rit au théâtre, ce soir-là, comme on ne l'avait pas fait encore de toute la saison. La dernière pièce était *Préville et Taconnet*, et lorsque apparut le faux l'Empeigne, le corps en deux plis, les jambes cagneuses, les bas roulés sur les talons; lorsqu'il entonna d'une voix chevrotante ses refrains de *bijoutier en vieux cuir*, comme il le disait dans ce petit chef-d'œuvre du bas-comique, le savetier improvisé fut accueilli par un tonnerre d'applaudissements. L'inévitable quinte de toux eut son tour un peu plus tard, dans la grande querelle avec Préville, et alors, il y eut dans la salle une telle explosion de gaieté, tant de cris et de trépignements qu'on ne put entendre le commissaire, M. Duruisseau, essayer d'apaiser les deux adversaires, et, en désespoir de cause, appeler la garde. Le silence finit pourtant par se rétablir, et l'on s'aperçut tout à coup d'un mouvement inusité sur le théâtre. Taconnet, au lieu de résister aux soldats qui cherchaient à l'arrêter, s'était affaissé sur lui-même en poussant un gémissement.

— Mes amis... un prêtre.... murmura-t-il d'une voix oppressée; et comme on s'empressait autour de lui pour le secourir : Non, il est trop tard, continua l'infortuné en élevant les mains vers le ciel. Pauvre chère enfant! Cécile!

Ce nom fut le dernier qu'il prononça ; une minute encore, et les deux orphelins avaient perdu leur ami.

VIII

Par la mort de son mari, la veuve du comédien se trouva privée de ses principaux moyens d'existence. Sans talent, elle ne remplissait au théâtre qu'un emploi de figurante, et ses compagnes aimaient à redire que sa voix n'était connue du public que par le cri de Jacques! Jacques! répété dans la coulisse, tandis qu'une main invisible, appartenant à la même personne, et tenant un long fil d'archal, promenait sur la scène l'oiseau empaillé qui représentait la pie voleuse. De là le nom de Pie donné à la dame, qui, d'abord, s'en était fâchée, mais plus tard, fatiguée de réclamations inutiles, avait pris son parti de ce sobriquet moqueur. Sa position n'était donc pas brillante, et si, malgré sa détresse, on la vit continuer sa protection à

l'orpheline, c'est qu'elle trouva moyen d'en tirer
profit. Cécile avait une jolie écriture, et comme
acteurs et actrices ne manquaient pas de rôles à
faire copier, son temps fut employé d'une manière assez lucrative. Simonnin n'aurait jamais
permis ce labeur. Quelles relations il autorisait, et combien de comédies et de drames sont
peu faits pour les yeux d'une jeune fille modeste !

Cécile ignorait ce danger et se prêtait docilement au travail qu'on exigeait d'elle. Une seule
chose l'affligeait dans la vie laborieuse qui lui
était faite, c'était de ne plus voir son frère aussi
souvent que par le passé. La Pie trouvait tous
les jours de nouveaux prétextes pour différer
les visites à la chaumière de Léhon, et se refusait absolument à recevoir Félix, attendu, disait-elle, que ses ressources ne lui permettaient
plus d'offrir un dîner hebdomadaire à ce petit
affamé. De cette façon, le frère ne jouit plus
avec la sœur du babil de leur ami Perle, et les
deux enfants en éprouvèrent un véritable chagrin. Le mauvais vouloir de la veuve ne fit que
s'accroître sur ce sujet, et, à la suite de quelque
contrariété insignifiante, elle en vint à défendre
impérieusement à l'orpheline de jamais visiter
Félix. Ce jour-là, justement, la pauvre petite
rencontra dans une rue un laboureur de Léhon,

qui lui dit que, la semaine précédente, le triste exilé avait failli périr dans la mare. Effrayée, et n'écoutant plus que sa tendresse de sœur, Cécile prit en courant le chemin de Léhon, celui-là même qu'on venait de lui interdire.

Il était nuit lorsqu'elle revint à la maison, où l'attendait une scène de violence.

« Partez , malheureuse ! partez ! je vous chasse ! » cria la mégère d'une voix suffoquée par la fureur, et, comme elle faisait mine de ne pas s'en tenir à des paroles, deux ou trois femmes, accourues au bruit, l'entraînèrent, en essayant de la calmer, dans une chambre voisine de la sienne. Demeurée seule un instant, Cécile en profita pour s'enfuir. La cage du perroquet était sous sa main ; elle la prit, descendit l'escalier précipitamment, et se trouva seule dans les rues déjà sombres sans savoir de quel côté diriger ses pas.

Errant ainsi au hasard, elle arriva sur la place Duguesclin, devant une maison très-éclairée, où l'on donnait, ce même soir, un bal d'enfants. La fugitive approcha et vit plusieurs jeunes filles de son âge descendre de voiture, gaies, heureuses, souriant à leurs parents qui paraissaient jouir autant qu'elles du plaisir qu'ils leur procuraient. Quelques passants s'étaient arrêtés pour admirer les toilettes, et, parmi eux, se trou-

3

vait une femme d'une apparence misérable, qui s'entretenait de la fête avec son fils, jeune garçon de dix à onze ans.

Je voudrais bien te voir aussi de beaux habits, disait-elle, et te savoir content comme le sont les petits messieurs.

L'enfant ne répondit rien, mais il embrassa tendrement sa mère, qui, à son tour, lui prodigua les caresses et les baisers.

Cécile détourna les yeux et reprit sa marche incertaine à travers les rues et les places.

Si l'obscurité des chemins l'avait moins effrayée à pareille heure, l'orpheline serait retournée vers son frère, cause innocente de son embarras. Maintenant, elle n'osait sortir de la ville, et l'idée à laquelle elle finit par s'arrêter fut de chercher une allée ouverte ou le porche d'une église pour y attendre le jour. Dans ce but, la pauvre enfant prêta plus d'attention à ce qui l'entourait, et bientôt elle reconnut deux maisons séparées par une cour, au fond de laquelle des arbres se détachaient en noir sur le ciel ; deux maisons qu'elle avait parcourues bien des fois, et dont, par cela même, les escaliers et les détours épouvantaient moins sa timidité. Les pièces occupées naguère par madame Arnaud étaient désertes, mais, depuis trois semaines, ma mère avait repris les appartements qui leur

faisaient face, et j'achevais paisiblement de nouvelles vacances dans la chambre haute où Perle,
l'année précédente, appelait si bien Ferdinand.
Pauvre Perle ! inquiet du long voyage qu'on lui
faisait faire et qui troublait son sommeil, il se
plaignait et s'agitait beaucoup dans la cage,
dont le poids engourdissait les mains de sa jeune
maîtresse. Celle-ci entra dans la cour et monta
d'un pas tremblant les premières marches de
notre escalier.

Je vous ai déjà dit comment ma mère s'était
éloignée de madame Arnaud, et comment la
société plus intime de cette femme légère l'a-
vait aussi quittée par des motifs moins honorables et tout différents. Cécile avait vu cet abandon ; elle savait encore que pas une de ses anciennes compagnes ne la regardait aujourd'hui,
elle, la protégée d'un comédien, et le mépris
qui s'attachait à son malheur la portait à se tenir
à l'écart pour éviter de nouveaux affronts. La
nuit dont je parle, ce sentiment de fierté pru-
dente luttait avec la confiance que lui inspi-
raient les lieux où elle se trouvait. Autrefois, de
quel pas joyeux et assuré l'amie de ma sœur eût
franchi notre escalier et se fût élancée dans notre salon ! Maintenant, une telle hardiesse n'é-
tait plus possible ; l'enfant s'arrêta craintive à
la porte et, posant avec précaution la cage au-

près d'elle, s'assit dans l'ombre sans hasarder rien de plus.

Conduits par la gouvernante de ma sœur, nous revenions vers minuit, Rosalie et moi, de la place Duguesclin, où nous avions pris part à la fête, lorsqu'en montant au salon où nous attendait notre mère, la servante, qui nous précédait une lanterne à la main, s'arrêta brusquement, fit un pas en arrière et poussa une exclamation de surprise. Je n'oublierai jamais le spectacle qui s'offrit à nous, et qui contrastait si douloureusement avec les scènes animées de la salle de bal. Elle était là, couchée sur les marches, la pauvre créature, ses beaux cheveux blonds en désordre, une de ses mains soutenant sa tête, l'autre bras passé autour de la cage dans laquelle son oiseau dormait aussi. Son teint était pâle, ses traits fatigués, et sur son front, qu'un douzième printemps n'avait pas caressé encore, on lisait tous les soucis d'une longue existence.

Ma sœur la souleva dans ses bras et la réveilla en l'embrassant :

— Cécile ! ma chérie ! ma bien-aimée Cécile ! d'où viens-tu ? comment es-tu là ?

— Mon Dieu, répondit la dormeuse, étourdie par les questions et les caresses de la bonne Rosalie, j'avais froid, je rêvais à maman, et je ne crois pas avoir fait de mal.

Nous l'entraînâmes au salon, et notre mère ne fut pas moins étonnée de voir sa fille lui amener Cécile, moi lui rapporter Perle, que nous ne l'avions été tout à l'heure en trouvant l'oiseau et sa maîtresse endormis sur l'escalier. On s'expliqua, cependant, et l'orpheline nous raconta son histoire avec une simplicité si émue et si touchante, que nous pleurions tous en l'écoutant.

— Maman, maman, gardons-la, disait Rosalie, et je répétais comme elle : — Chère maman, gardons Cécile !

— Nous la garderons toujours cette nuit, répondit notre mère, et nous verrons demain ce que nous aurons à faire de mieux ; en attendant, nous avons tous besoin de repos ; allez, mes enfants, et vous, Cécile, je vais vous montrer votre chambre.

Malgré ce qu'avait dit ma mère de notre besoin de sommeil, je passai la nuit entière sans fermer les yeux. Les souvenirs d'Anne Radcliffe et de madame Cottin ne me donnaient plus d'insomnies, mais, au lieu du petit roman qui m'avait précédemment occupé, la vie réelle venait de m'apparaître pour la première fois dans ce qu'elle a de plus navrant et de plus incompréhensible. Quel mystère, en effet, que la diversité des lots accordés à chacun de nous,

surtout en ce qui concerne la facilité de prati-
quer le bien et d'éviter le mal! D'un côté, ma
sœur, tendrement chérie par une pieuse mère,
sauvegardée par les précautions les plus minu-
tieuses; de l'autre, son amie n'ayant pour la
diriger qu'une femme de théâtre, qui, sans examen, lui faisait achever son éducation en co-
piant des drames, des vaudevilles, et, par de
mauvais traitements, l'obligeait à chercher un
refuge, la nuit, sur les marches d'un escalier!
Si toutes les réflexions que m'a souvent suggé-
rées depuis un contraste aussi douloureux ne se
présentèrent pas alors à mon esprit, il y avait
entre Rosalie et Cécile d'autres oppositions de
fortune plus à la portée de mon âge, et qui suf-
fisaient pour m'impressionner vivement.

Le lendemain matin, nous nous retrouvâmes
au déjeuner, et, à l'air préoccupé de notre mère,
au soin qu'elle prit d'éluder nos questions, nous
vîmes bien, ma sœur et moi, qu'elle ne s'était
arrêtée encore à aucun parti. Elle semblait aussi
craindre pour nous la compagnie de l'orpheline, et lorsque nous proposâmes à cette dernière une promenade au jardin, sur un signe
que je fus seul à remarquer, la gouvernante de
Rosalie mit son chapeau, et suivit nos pas sans
nous perdre de vue une seule minute. Perle
n'avait pas été oublié; il dansa la catarinette, il

chanta un couplet du *Dîner de Madelon;* mais
la contrainte était au milieu de nous, et le rire
avait disparu.

Nous rentrâmes au salon, tristes, embarras-
sés, et si gênés ensemble que, pour ma part,
j'éprouvai un mouvement de plaisir en entendant le bruit de la sonnette qui semblait nous
annoncer une visite. Cécile au contraire avait
pâli; et je vis que ses mains tremblaient lorsqu'un domestique ouvrit la porte. Hélas! une
robe écossaise verte et rouge, un châle bleu, un
chapeau rose se montraient déjà sur le palier.
Nul doute! c'était madame Simonnin.

Ma mère se préparait à lui adresser de justes
reproches sur sa conduite envers la jeune fille,
quand la figurante l'arrêta dès les premiers mots
avec un geste et un accent qui devaient abréger
beaucoup l'entretien. Cette femme ne parlait de
rien moins que de poursuites judiciaires pour
détournement de mineure.

Apprenez, dit-elle encore en jetant sur la
table à ouvrage une lettre de M. Arnaud, dans
laquelle celui-ci cédait aux époux Simonnin
son autorité sur sa fille; apprenez, madame,
que nous avons sacrifié nos économies pour
nourrir et vêtir cette ingrate, et que vous com-
mettriez une méchante action en cherchant à
me l'enlever au moment où il va lui devenir

facile de faire, à son tour, quelque chose pour moi. Nous quittons Dinan, madame ; je suis engagée pour le Havre, et notre directeur qui connaît la belle voix de Cécile, et qui augure bien de son jeu, se propose de lui confier les rôles de Jenny et de Céline dans la *Petite Sœur* et le *Mariage enfantin.*

— Eh ! quoi ! vous voulez donc en faire une comédienne ? s'écria ma mère d'un air terrifié.

Cet air et l'exclamation qui l'accomagnait ne pouvaient manquer d'exaspérer madame Simonnin. Elle reprit la lettre de M. Arnaud, saisit d'une main la cage du perroquet, et de l'autre entraîna Cécile. L'enfant se laissa emmener sans proférer une plainte. Nous la vîmes traverser la cour la tête basse, et dans un muet désespoir.

— J'écrirai aujourd'hui même à M. Arnaud, dit ma mère ; et elle écrivit en effet. Peut-être aurait-on pu faire quelque chose de mieux, comme un meilleur accueil à la veuve du comédien et un petit sacrifice d'argent pour obtenir d'elle la cession de ses droits sur l'orpheline. Ma mère n'y songea point : sa santé, d'ailleurs, était déplorable ; et lorsque les jours et les mois s'écoulent de fièvre en fièvre, de langueur en langueur, il est bien difficile que l'âme ne se ressente pas un peu de la souffrance du corps.

IX

Si j'écrivais jamais des mémoires, ici commencerait une longue série de chapitres où le nom de Cécile ne serait pas même prononcé. Je quitte le collége de Beaupréau, j'étudie le droit à Rennes, je deviens avocat, je prends une compagne, et, à chaque nouvelle phase de mon existence, je vois paraître de nouveaux visages, et disparaître, hélas! d'anciennes affections. La plus désintéressée et la plus sainte me manque depuis longtemps, et presque à la même époque, j'ai vu s'effacer aussi pour jamais, du moins en ce monde, le dernier sourire de ma sœur. La lettre de ma mère à l'insouciant capitaine est demeurée sans réponse; peut-être est-il mort lui aussi, ou, seulement, s'est-il éloigné de Calcutta. Dans les fictions inventées par les poètes et les romanciers tout s'enchaîne merveilleusement, et l'avenir d'aucun personnage ne reste obscur. Il n'en est pas ainsi dans les mille complications de la vie. — Regardez en vous-même et autour de vous : que de lacunes, d'histoires

3.

entremêlées les unes aux autres, et dont le commencement, le milieu ou la fin vous seront toujours inconnus !

Je devais pourtant retrouver mademoiselle
Arnaud à deux époques différentes. Ce fut, d'a-
bord, moins d'un an après mon mariage, dans
une ville du midi, où son nom, imprimé en lettres capitales sur une affiche de spectacle, attira
mon attention. Il s'agissait d'un troisième début
en qualité de première dugazon et de déjazet.
Attiré par une curiosité inquiète, je pris un
billet, et j'allai m'asseoir dans un des coins les
moins éclairés de la salle.

Vous dire toutes les pensées qui traversèrent
mon esprit serait impossible. J'espérais découvrir, dès la première scène, des indices certains
de la répugnance de l'actrice pour sa profession, et je voulais, le lendemain, m'entendre
avec elle pour lui faciliter les moyens de quitter
le théâtre et de choisir un état plus conforme à
sa modestie et à sa piété. La fortune me favori-
sait alors, je pouvais être facilement généreux;
et, de plus, je connaissais assez bien le cœur de
ma femme pour être sûr de sa participation à
cette œuvre réparatrice. Avec quelle anxiété
j'entendis les trois coups qui annonçaient le lever du rideau ! l'épreuve allait commencer ! un
instant encore, et au lieu du bruit qui régnait

dans la salle, on n'entendit plus qu'une voix, la voix de Cécile.

Je vis l'ancienne compagne de ma sœur, ou plutôt, non, je vis mademoiselle Arnaud, dont le maintien hardi, l'œil éveillé, la lèvre mutine n'étaient que trop bien d'accord avec le rôle de page qu'elle devait remplir. Beaucoup plus à l'aise sur la scène que je ne l'étais à l'audience, elle affrontait joyeusement les regards de la foule, et montrait dans son débit et dans son geste une verve, un entrain qui me désolaient. Pour me servir ici d'une expression de théâtre, elle *brûlait les planches;* et, à chaque instant, la vivacité de sa parole, la pétulance de son jeu provoquaient le rire et les bravos. — Délicieuse! ravissante! criaient à quelques pas de moi trois ou quatre jeunes gens qui se racontaient les uns aux autres des anecdotes concernant la débutante, et de nature à ne me laisser aucune illusion. Le rideau tomba au bruit d'applaudissements frénétiques; et tandis que la salle entière redemandait l'actrice, qui reparut aussitôt, les traits rayonnant d'orgueil et de plaisir, je quittai ma place, et je me retirai brusquement. Le lendemain, je repris la route de Dinan sans avoir essayé une démarche devenue inutile. Il était trop tard.

Trop tard! ces deux mots si amers, Simonnin les avait murmurés au moment de mourir, et moi je me les répétais comme un reproche à ceux qui pouvaient secourir à temps la pauvre orpheline et qui s'y étaient refusés. Je croyais bien, alors, ne jamais me rencontrer avec elle à l'avenir, mais, je vous le disais tout à l'heure, je devais la revoir une dernière fois.

X

Environ douze ans après cette soirée, je traversais un jour, à Dinan, la rue de l'Horloge en compagnie de ma fille, lorsque l'attention de celle-ci fut excitée par un écriteau placé sur la cage d'un perroquet. La cage était accrochée à la fenêtre d'un rez-de-chaussée occupé par un tourneur, et l'écriteau faisait connaître à chacun que l'oiseau prisonnier était à vendre. Satisfait des progrès de Rosalie·à sa pension, je venais justement de l'engager à se choisir elle-même une récompense, et séduite par l'annonce qui se présentait devant nous, l'écolière me prenait au mot.

L'ouvrier quitta son ouvrage, et nous fit connaître les conditions de la vente.

« L'oiseau parle bien, dit-il ensuite, et sa

maîtresse assure qu'il chantait toutes sortes
d'airs l'an dernier. Voyons, continua le tourneur, qui paraissait prendre un grand intérêt
au marché, voyons, Perle, sois bon garçon, et
montre un peu ce que tu sais faire.

Le nom de Perle me fit tressaillir; j'avais
reconnu notre ancien ami.

— Hélas! hélas! répéta deux fois celui-ci
d'une voix gémissante, je suis bien malade, et
nous allons nous quitter!

Surpris de ces paroles, j'adressai quelques
questions à l'ouvrier. J'appris par lui qu'une
femme mourante, et dans le plus affreux dénûment, logeait depuis trois mois dans la chambre du troisième, occupée vingt ans auparavant
par madame Arnaud. La veille, cette femme
s'était informée de l'ancien vicaire de Saint-
Sauveur, devenu curé dans une paroisse voisine, et elle l'avait fait chercher parce que,
disait-elle, il avait déjà assisté sa mère. Le bon
prêtre était venu la voir le matin même, et,
saisi de pitié, il avait, en sortant, laissé un peu
d'argent à celui qui nous parlait, en l'invitant
à faire appeler un médecin.

« La tristesse du perroquet, poursuivit le
tourneur, pourrait bien venir des jeûnes forcés
qu'il aura subis comme sa maîtresse. Il y a des
situations terribles, monsieur, et il est fort à

regretter que tant de gens détournent les yeux pour ne pas les voir.

On eût dit que Perle avait compris l'ouvrier.

— Mauvais monde! s'écria-t-il d'un ton de reproche. Puis, il reprit plus bas sa première lamentation : Je suis malade, et nous allons nous quitter.

— Regardez l'oiseau comme vendu, dis-je à mon tour, ou plutôt donnez-le-moi, et soyez persuadé que sa maîtresse ne manquera désormais de rien. Rosalie, continuai-je, prends la cage, et monte avec moi chez cette pauvre dame.

J'avais mes intentions en me faisant ainsi accompagner par une enfant ; c'était un sûr moyen d'épargner à Cécile les explications les plus navrantes. En montant l'escalier, je fis connaître à Rosalie l'intimité qui avait existé autrefois entre la tante dont elle portait le nom et la personne que nous allions visiter.

Celle-ci, couchée sur un misérable grabat, avait la figure tournée du côté du mur quand nous entrâmes dans sa chambre. Ma fille posa la cage sur une chaise, et nous approchâmes du lit avec précaution. Cécile ne dormait point, elle se retourna vers nous, et, sans me regarder, m'adressa doucement la parole :

« Vous êtes sans doute le docteur, monsieur?

Ce bon prêtre qui vous a fait demander pour moi, me prie de vous écouter et de suivre docilement vos avis.

— Je ne suis pas médecin, répondis-je d'une voix tremblante; et tandis que je parlais, j'invitais Rosalie d'un signe à se placer devant moi. Voyez cette enfant, mademoiselle Arnaud, ses traits sont les traits de la sœur que j'ai perdue, et qui vous aimait tendrement.

Cécile se souleva péniblement sur son oreiller, et poussa un faible cri :

— Rosalie! dit-elle; ah! monsieur, depuis le temps que vous me rappelez, combien de malheurs et de fautes!

— Les fautes, répliquai-je, regardent le saint vieillard à qui, ce matin, vous avez ouvert votre cœur; mais quant aux malheurs, nous voulons nous en souvenir, ma femme et moi, pour les consoler de notre mieux. Pour commencer, nous vous ramenons Perle, et vous aurez tout à l'heure une garde-malade bien attentive.

Notre ancienne amie me tendit la main, chercha des yeux la cage, la vit et fondit en larmes.

— Oh! disait-elle au milieu de ses sanglots, pourquoi maintenant et pas autrefois! Un peu d'appui m'eût sauvée, et personne! personne!

Rosalie pleurait sans comprendre; la malade
s'en aperçut, et reprit avec émotion :

« Cette enfant me rappelle votre sœur autant
par sa bonté que par sa figure et son âge. Préservée comme elle l'était dans sa famille de tous
les dangers que j'ai trouvés sur mes pas, Rosalie
a pu regretter de mourir si tôt. C'est moi qui
aurais dû finir à douze ans. »

XI

La maladie de mademoiselle Arnaud se prolongea plusieurs semaines, pendant lesquelles
tantôt seul, tantôt accompagné de ma femme et
de ma fille, je la visitais tous les jours. Ses dernières épreuves avaient réveillé en elle la foi
longtemps endormie, et avec la religion de son
enfance étaient revenues une à une ses qualités
attachantes, ses premières vertus. Je ne voulus
rien connaître des événements de la vie de Cécile, depuis la matinée funeste où madame Simonnin vint la réclamer chez ma mère; j'appris
seulement que, bannie du théâtre par de précoces infirmités, elle errait, depuis deux ans, de
ville en ville, et que n'espérant plus guérir, elle
avait voulu revoir Dinan encore une fois avant

de fermer les yeux. Je lui demandai aussi ce qu'était devenu le petit Félix. Elle l'ignorait. Le jeune garçon, embarqué comme mousse à bord d'un navire de commerce, avait déserté ce navire à Calcutta pour se mettre à la recherche de son père. Depuis, aucune nouvelle de lui n'était parvenue à sa sœur.

Le dernier jour arriva, et la mourante l'accueillit avec douceur, espoir et reconnaissance. Il était convenu entre nous que j'aurais soin de Perle, et que je ferais porter l'oiseau chez moi dès que sa maîtresse aurait rendu le dernier soupir. Je me tenais debout à côté du prêtre, au chevet de Cécile, et tandis que le bon vieillard parlait des choses éternelles, je ne pouvais m'empêcher de me laisser distraire par la voix de plus en plus affaiblie qui répétait lentement à l'autre bout de la chambre : — Hélas ! je suis bien malade, et nous allons nous quitter ! — L'heure avançait, avançait toujours !... J'entendis un gémissement... une main froide étreignit la mienne... et c'était la fin !

Je priai longtemps au pied du lit, puis je m'approchai de la garde-malade, et je lui recommandai de m'envoyer Perle dès qu'elle aurait trouvé quelqu'un pour l'emporter.

— A quoi bon? répondit cette femme en montrant la cage. J'y jetai les yeux : l'oiseau était mort. Je sortis de la chambre avec le prêtre.

« Monsieur, me dit-il avant de nous séparer, apprenez à votre fille à bénir Dieu de la sécurité qu'il donne à son innocence, et répétez-lui qu'elle tromperait l'ordre providentiel si, dans sa position heureuse, elle oubliait ses pauvres sœurs de la rue, jetées sans appui et sans conseils à toutes les misères, à toutes les tentations. Je ne puis penser sans amertume à ces chiffons, à ces bijoux, usés depuis longtemps ou dédaignés au fond d'un écrin, et qui, le jour où j'allai quêter pour cette pauvre femme, l'ont emporté, chez des personnes se croyant pieuses et charitables, sur le devoir d'assurer à l'orpheline le pain, la surveillance et l'honneur. Quelques prières, quelques glanes abandonnées à l'indigence ne sont rien ou ne sont que peu de chose, si l'on accorde tout aux caprices de sa vanité, si l'on se refuse au plus léger sacrifice, même lorsqu'il s'agit du salut d'une âme en péril. Il y a de grands coupables devant Dieu qui ne le sont pas suivant le monde. Pour moi, j'ignore qui sera jugé là-haut plus sévèrement, ou l'homme tombé, ou celui qui, pouvant prévenir sa chute, ne l'a pas voulu. »

XII

L'histoire de Cécile avait assombri tous les visages, et lorsqu'elle fut achevée, un silence assez long lui succéda. Chacun de nous, sous l'impression de ce qu'il venait d'entendre, se laissait aller à ses réflexions, suivant la pente de son caractère. Madame Albert et Julie s'essuyaient les yeux; Clarisse, le front appuyé sur sa main, semblait occupée à mettre d'accord le bon et le mauvais anges qui luttaient au dedans d'elle-même.

Ce fut le bon ange qui l'emporta :

— Ne parlons plus de cachemire, chère maman, et venez généreusement avec nous au secours de la protégée de Julie. Cette pensée de solidarité m'épouvante, et pourtant je ne puis m'empêcher de reconnaître qu'il nous sera demandé compte un jour du bien que nous pouvions faire, et que nous n'avons pas fait.

— Et moi, dit Julie avec entraînement, et moi je serais si contente d'être pour quelque chose dans le bonheur et peut-être aussi dans les vertus d'une pauvre fille !

Norbert avait gagné son procès.

— Et maintenant, dit madame Albert, pro-
mettez-nous de nous raconter demain une histoire d'un enseignement moins austère et moins
douloureux.

— Je m'y engage par serment, répondit l'a-
vocat ; mais, en attendant, convenez qu'un
homme manquerait à toute dignité si, parce
que, généralement, dans un récit, les auditeurs
ne cherchent qu'une distraction passagère, il se
refusait de parler, à l'occasion, de souffrances
trop réelles, de souffrances qu'on oublie volontiers, et dont le tableau dispose les cœurs à la
compassion. Amuser est quelque chose pour
un conteur, mais toucher est beaucoup plus :
un sourire ne vaut pas une larme.

ANGÉLINE.

ANGÉLINE.

I

Dans la matinée du 31 décembre 1856, trois jeunes femmes dont la toilette élégante attirait l'attention de quelques promeneurs ennuyés, montaient, en même temps, par trois différents côtés, le perron de l'église Saint-Louis, à Brest. L'une d'elles, la plus grande et la mieux parée, portait une robe de damas, un cachemire, un chapeau de velours autour duquel se jouait une plume gracieuse; les autres, qu'au premier regard on n'eût pas manqué de prendre pour les deux sœurs, étaient vêtues de robes de taffetas noir, de manteaux Ristori, de capotes ornées de dentelles, le tout entièrement semblable paraissant sorti des mêmes magasins et

fait sur les mêmes modèles. Impossible, d'ailleurs, de trouver un air de famille entre
madame Folichon, marchande de modes, et
mademoiselle Fanny Coquillard, petite-fille de
l'un des plus riches propriétaires de la ville.
La première tournait la tête à droite, à gauche,
et voltigeait plutôt qu'elle ne marchait. La seconde avait, au contraire, dans toute sa petite
personne, une roideur inimaginable; suivie de
sa femme de chambre, qui portait son livre
d'heures, elle s'avançait vers le porche, les
yeux baissés, quoique la tête haute; le pas
mesuré, mécanique, et comme poussée par un
ressort.

En arrivant au bénitier, mademoiselle Coquillard échangea un petit salut avec la dame
au cachemire, et promena sur la toilette de
l'autre femme un regard terrifié. Madame
Folichon s'en aperçut, et un sourire provoca-
teur effleura ses lèvres. Le châle de l'Inde se
glissa sans bruit, à gauche, au pied de la chaire;
l'un des manteaux se plaça à droite, contre un
pilier; et le second, celui qui recouvrait les
maigres épaules de l'héritière, s'avança fièrement au milieu de la nef, dérangeant chacun
et renversant trois chaises sur son passage.
L'une de ces chaises appartenait à une jeune
fille d'un extérieur modeste et de la figure la

plus ravissante. Mademoiselle Coquillard passa devant elle sans lui adresser un mot d'excuse, ce qui parut indigner une femme que nous connaîtrons bientôt, et qui tenait lieu de mère à la jeune fille.

La modiste avait remarqué le désordre occasionné par l'ampleur exagérée du manteau et de la robe de Fanny. « Une, deux, trois chaises de renversées ! murmura-t-elle, en se signant pour commencer sa prière : Bon ! dimanche prochain, j'en renverserai quatre. »

Au même moment la dame au cachemire se préparait à ses exercices religieux par cet acte d'humilité :

« A-t-on vu rien de plus irritant que l'orgueil de cette petite bourgeoise ?... Elle ne sait pas seulement saluer ceux qui lui font place, et ne s'aperçoit pas qu'elle dénote ainsi sa mauvaise éducation. Que ne donneraient pas ces filles de rien pour appartenir comme moi à la haute aristocratie ! Heureusement, la naissance ne s'achète point. Non, non, consume-toi d'envie, Fanny Coquillard, tu ne seras jamais l'égale de madame la vicomtesse de Kerazo. »

Là-dessus, madame la vicomtesse ouvrit son livre et lut tranquillement des pensées telles que celles-ci :

« Qui suis-je, ô Dieu de gloire et de majesté,

4

« pour que vous daigniez jeter les yeux sur
« moi, ver de terre, moi plus misérable que le
« néant? Roi du ciel, je m'anéantis devant
« vous : je reconnais et votre souveraine gran-
« deur et mon extrême bassesse. »

Les yeux lisaient cela, les lèvres le murmu-
raient, mais le cœur et la pensée, oh! qu'ils
étaient loin !

Tandis que la grande dame et la marchande
de modes mêlaient chacune à leur oraison le
nom de mademoiselle Coquillard, cette dernière,
parvenue enfin à la place qu'elle occupait habituellement entre la chaire et le banc des
marguilliers, avait pris une attitude recueillie,
et se tenait inclinée sur le dossier de sa chaise,
le visage caché dans ses mains. Malheureusement, les doigts de Fanny n'étaient pas tellement rapprochés que l'œil gauche ne pût entre-
voir madame de Kerazo et l'œil droit l'élégante
modiste. De là, au beau milieu du *Confiteor*, les
méditations suivantes :

« Un cachemire de l'Inde et une robe de damas! elle est bien heureuse cette vicomtesse !...
ah! si j'étais mariée, cette orgueilleuse n'a rien
que je ne pusse avoir, et alors, je n'éprouverais
pas la mortification de voir une femme vulgaire, une marchande, prendre modèle sur moi
pour ses robes, ses mantelets et ses chapeaux!

Je ne porte pas un vêtement que cette odieuse Folichon ne s'en procure un semblable avant huit jours. L'impertinente! elle semble ne venir à l'église que pour avoir toujours les yeux de mon côté. Que lui reste-t-il à imiter encore dans ma toilette! Elle sourit; elle chuchote à l'oreille de sa demoiselle de comptoir, qui me regarde à son tour : c'est intolérable! »

En se parlant ainsi, mademoiselle Coquillard se frappait la poitrine et achevait machinalement le *Confiteor*. Le *med culpâ* arrivait fort à propos, il faut l'avouer; si, au lieu d'une indignation trop visible, Fanny n'avait éprouvé que de l'indifférence en remarquant, pour la première fois, sur une tête indigne de le porter, un chapeau pareil au sien, cet événement n'aurait pas eu les mêmes suites. Mais, piquée au vif par un regard de profond mépris, l'extravagante modiste avait juré d'entrer en lutte, en lutte acharnée avec la dédaigneuse héritière.

« Son goût n'est pas toujours sûr, disait madame Folichon; n'importe! j'aime mieux paraître moins jolie et me donner souvent le plaisir de faire enrager cette petite mulâtre. »

Cette allusion au teint bronzé de mademoiselle Coquillard revenait fréquemment dans les discours de la jeune marchande, aussi prodigue de ses quolibets qu'elle l'était des économies de son mari, M. Folichon, commis aux vivres de la marine.

N'insistons pas trop sur les distractions volontaires ou involontaires occasionnées par les causes les plus futiles, et retournons vers le bas de la nef, où deux autres femmes, l'une d'un âge mûr, l'autre de dix-sept ans à peine, prient avec la plus grande ferveur. Si, un instant, en voyant Fanny renverser la chaise de sa compagne, la plus âgée de ces deux femmes n'a pu retenir un geste d'impatience, ce mouvement a été bien vite réprimé. Les préoccupations sérieuses, les chagrins font de la prière autre chose que des mots récités par habitude et avec si peu d'attention, qu'en finissant on n'est pas certain d'avoir commencé. Le premier avantage du malheur est de nous porter au recueillement. Thérèse et Angéline l'avaient éprouvé plus d'une fois avant cette matinée où nous les trouvons ensemble à l'église.

II

Thérèse n'avait pas moins de cinquante ans; fille unique d'un vieux pilote, elle s'était dévouée jusqu'à la fin à ses parents infirmes, et depuis leur mort, elle continuait à vivre de son travail, dont le produit suffisait amplement à ses besoins. Ouvrière habile, et devenue l'âme de plusieurs sociétés charitables par son intelligence élevée et son grand cœur, Thérèse, sans même y songer, s'était fait dans la ville qu'elle habitait une position à part, et bien différente de l'existence de tant d'autres filles de sa condition. — Connue et estimée de tous, elle choisissait à son gré les maisons où elle exerçait son talent de couturière, bien décidée, le cas échéant, à ne jamais supporter de personne un manque d'égards. Jusqu'alors sa fierté n'avait pas été mise à l'épreuve, chacun s'empressant de rendre justice à la noblesse de son caractère et à la distinction de son esprit. Sa première éducation s'était faite dans un pensionnat fort modeste; mais dès l'enfance, elle avait aimé les livres, et, avec le temps, elle était parvenue à acquérir une instruction plus variée et plus solide que celle de la plupart des femmes élevées avec le plus de frais et de soin. Parmi les bonheurs de sa vie laborieuse et méritoire, nous devons noter au premier rang les découvertes précieuses qu'elle faisait, de temps à autre, dans les étalages de vieux livres. Rien de plus naïf et de plus charmant que la joie enfantine de cette femme si près de la vieillesse, lorsqu'on la rencontrait grimpant lestement l'escalier de sa mansarde, où elle rapportait du marché l'un de ses auteurs favoris. A la vérité, ces rencontres-là devenaient moins fréquentes de jour en jour, et les bouquinistes surpris se plaignaient entre eux, depuis trois ans, de ne plus voir qu'à de longs intervalles mademoiselle Thérèse.

L'explication de ce changement est très-facile, et nous pouvons la demander à Angéline, à cette blonde jeune fille devenue l'enfant d'adoption de l'ouvrière. Le père d'Angéline était un pauvre lieutenant de vaisseau, mort trop jeune pour que sa fille eût droit à aucun secours de l'État; il existait un lien entre le vieux pilote et ce lieutenant, qui, étant encore élève de marine, avait dû la vie au père de Thérèse, dans une circonstance où il sauvait d'une perte certaine un vaisseau de haut bord, ce qui avait valu au vieux marin la croix de la Légion d'honneur.

L'élève devint lieutenant, se maria, perdit sa femme et périt quelque temps après, au Sénégal, victime de la fièvre jaune. Thérèse travaillait dans la famille Coquillard le jour où une lettre cachetée de noir et tracée d'une main défaillante, vint apprendre au père de Fanny, également lieutenant de vaisseau et atteint de la

maladie dont il mourut trois mois après, que
son ami d'enfance, au moment d'expirer, le
suppliait de venir en aide à Angéline, qui allait,
à quatorze ans, être orpheline et entièrement
dénuée de ressources. Cette dernière était alors
au couvent. — « Peut-être mon père ne refu-
serait-il pas de la recueillir, » dit le malade.
Mais Fanny, sa fille, s'éleva contre cette idée
avec tant d'aigreur, que, sans rien arrêter pour
l'avenir, et se bornant seulement à répéter,
tantôt à son père, tantôt à ses enfants, qu'il désirait faire quelque chose en faveur de la pauvre
Angeline, il s'éteignit lui-même au moment où
l'on s'y attendait le moins. Le grand-père devint naturellement le tuteur de Fanny et de son
frère Maxime, brave jeune homme qui insista
beaucoup pour que le vœu de son père fût
rempli généreusement à l'égard de la fille d'un
ancien ami. Fanny et le vieillard furent d'un
autre avis. Tout se borna à une pension de
cent écus qui devait être payée à Thérèse pendant six ans, pour qu'elle se chargeât de la
jeune personne et la mît en mesure de se suffire
à elle-même à l'âge de vingt ans.

Thérèse avait accepté ces conditions avec
empressement. Avant même qu'Angeline pût
prononcer le nom de l'ouvrière, combien de
fois celle-ci ne l'avait-elle pas portée dans ses

bras, une intimité bien naturelle ayant conti-
nué jusqu'à la fin de leur vie entre le vieux
pilote et celui qu'il avait sauvé! De son côté, le
grand-père de Fanny croyait, non sans raison,
que l'exemple de Thérèse serait très-salutaire
pour une jeune fille qui, bien que destinée
d'abord à occuper un rang plus élevé dans la
société, se trouvait réduite, par la mort préma-
turée de son père, à vivre aussi de son travail.
En effet, confiée à des gens plus riches, la comparaison de sa position à la leur, n'eût-elle pas
été pour l'orpheline un nouveau sujet de chagrin? — Et d'ailleurs, que pourrait-on rêver de
mieux que la protection de cette bonne Thérèse? — L'ouvrière s'était dit que ses petites
économies et son travail subviendraient seuls à
toutes les dépenses occasionnées par la fille du
lieutenant; et elle mettait religieusement de
côté, en grand secret, et pour la donner plus
tard à sa jeune amie, la totalité de la pension
payée chaque année par M. Coquillard. En attendant, il fallait que l'instruction d'Angéline
fût poussée assez loin pour lui permettre d'aspirer au brevet d'institutrice. De là des réduc-
tions sur la plupart des articles du petit budget,
et particulièrement l'article le moins indispen-
sable, ce qui ne veut pas dire le moins chéri, la
bibliothèque.

Angéline se préparait maintenant au redoutable examen; mais une autre cause, que des appréhensions bien naturelles relativement à cette grande affaire, lui donnait, ainsi qu'à Thérèse, au moment où nous reprenons leur histoire, cet extrème besoin du secours d'en haut, qui rend la prière plus fervente.

III

Le prêtre allait quitter l'autel, et les deux amies, pressées par leurs occupations, sortaient les premières de l'église, lorsqu'un jeune homme, qui se tenait debout près du bénitier, les rejoignit sous le porche et les salua timidement.

« Thérèse, dit-il à voix basse, un mot seulement : permettez-moi d'aller vous expliquer à toutes deux...

— Non, répliqua Thérèse, pas d'explication chez moi ; nous nous verrons cet après-midi chez votre grand-père, et là vous trouverez facilement l'occasion de me parler.

— Oh ! mademoiselle, reprit le jeune homme en s'adressant cette fois à Angéline, il faudrait que vous aussi...

— Non, Monsieur Maxime, non, laissez-

4.

nous ! » interrompit de nouveau l'ouvrière, d'un ton qui n'admettait point de réplique.

Le jeune homme rentra dans l'église ; les deux femmes descendirent le perron et se dirigèrent vers la rue du rempart en traversant le marché.

« Chère amie, disait Angéline en pressant le bras de sa compagne, que de chagrins je vous cause ! vous seriez si heureuse sans moi !

— Et pourquoi ne serions-nous pas heureuses ensemble, mon enfant ? Nous le pouvons, si vous voulez être courageuse. Je ne connais rien de plus vrai que cette pensée d'un grand poëte : « Le malheur s'appesantit d'autant plus qu'il « s'aperçoit qu'on le porte avec faiblesse. »

— Eh bien ! je veux être forte comme vous. Savez-vous ce que je viens de demander à Dieu dans mes prières ? Ce n'est pas de changer le cœur de M. Coquillard, d'aplanir en ma faveur des obstacles insurmontables : non, non ; toutes mes supplications ne tendaient qu'à obtenir du ciel la résignation qui m'est nécessaire.

— La résignation ne suffit pas, repartit Thérèse ; demandez aussi le courage, ma chère enfant. La résignation toute seule est la vertu des faibles ; nous avons besoin de quelque chose de plus pour tenir tête aux peines de la vie et remplir dignement notre tâche. »

Angéline s'essuya les yeux sans répondre. Un étalage de vieux livres se trouvait sur le passage des deux amies, et l'orpheline, peut-être pour détourner une conversation pénible, le fit remarquer à sa compagne.

Thérèse eut bien vite recours à ses lunettes, et se précipita vers le trésor qu'on lui désignait. Elle prit un volume, le tint quelques instants dans sa main d'un air indécis, puis le replaça parmi les autres sans l'avoir ouvert.

« Non, dit-elle, ne finissons pas l'année par des folies. En arrêtant nos comptes, ce matin, j'ai vu que le chiffre de nos dépenses pour 1856 excédait de cinq francs celui des recettes. Éloignons-nous, sans chercher ici des tentations que je regretterais ensuite.

— Excellente amie! vous m'avez cependant fait cadeau de cette jolie robe à l'occasion du 1ᵉʳ janvier! Oh! qu'il me tarde de gagner aussi quelque argent pour vous aider à mon tour! Mais je n'ai rien encore, et je sens bien que ma petite pension est insuffisante. »

Thérèse ne la laissa pas achever. Les deux compagnes venaient d'entrer dans leur appartement de la rue du Rempart; l'ouvrière plaça le doigt sur ses lèvres et montra à sa fille d'adoption un petit cahier couvert d'un papier bleu, caché jusqu'alors au fond d'un tiroir de bureau.

« Comment! un livret de caisse d'épargne!
dit Angéline avec étonnement.

— Il faut bien vous le montrer, méchante,
pour vous donner confiance dans l'avenir.
Voyez! déjà plus de neuf cents francs! Trois
années encore, et vous aurez près de deux mille
francs de dot. »

Angéline pressa de ses lèvres les joues ridées
de son amie, et pleura pendant quelques instants sans pouvoir parler.

« Non, dit-elle enfin, je ne me marierai jamais, et je n'aurai pas besoin de dot. Ceci nous
servira plutôt, Thérèse, quand vous serez vieille
et que vous ne pourrez plus travailler comme
aujourd'hui. »

Thérèse frappait du pied :

« Voilà une jeune fille qui veut connaître son
avenir à dix-sept ans et trois mois! Vous ou-
blierez M. Maxime, mon enfant; assez du moins
pour accepter un autre mari, dont les parents
tiendront à honneur de vous admettre dans leur
famille.

— Ce pauvre jeune homme en mourrait de
chagrin; vous savez bien qu'il le disait hier,
murmura l'orpheline que les sanglots suffo-
quaient.

— A cette époque, il sera marié lui-même,
répondit l'ouvrière d'un ton demi-peiné, demi-

railleur. Je le crois sincère, aujourd'hui, dans la
douleur qu'il a eu le tort de vous montrer ; mais,
s'il conserve la même franchise, il se peut
qu'avant deux ans il se réjouisse plus que personne en voyant un honnête garçon rendre,
comme lui, justice à vos qualités, et promettre,
à l'autel, de vous rendre heureuse.

— Impossible, Thérèse ! impossible !

— Très-probable, au contraire, ma pauvre
Angéline, et très-sage en même temps. Voici la
situation : Maxime va atteindre sa majorité, et,
se fondant sur l'amitié de son père pour le vôtre,
et sur la recommandation que le mourant fit à
sa famille de vous venir en aide, il a cru pouvoir, hier, soumettre à son aïeul un projet de
mariage, dont le vieillard s'est montré fort irrité.
M. Coquillard ayant déclaré qu'il m'en parlerait
aujourd'hui, le petit-fils, effrayé d'avance de cet
entretien, est accouru pour m'y préparer, et il
s'est expliqué devant vous, sans songer qu'il
commettait une faute grave en vous laissant voir
toute son affection. J'ai dû lui faire comprendre
la légèreté de sa conduite, et le prier de ne plus
reparaître ici à l'avenir. Or, vous connaissez la
ténacité du grand-père, et ni vous, ni Maxime,
quelles que soient les facilités accordées par les
lois, ne voudriez vous unir sans son consentement. Ce consentement, encore une fois, le

vieillard ne l'accordera jamais, tant à cause de votre pauvreté que par une ancienne rancune contre votre père. Qu'avez-vous donc de mieux à faire, vous et Maxime, qu'à renoncer, dès à présent, à des chimères irréalisables? Le paradis terrestre se ferma bien vite devant le premier homme et la première femme, et il y aurait de la démence à croire que ce lieu de délices peut se retrouver ici-bas pour aucun de nous. L'expérience de la vie ne tardera pas à vous persuader l'un et l'autre de cette vérité, et alors vous prendrez résolument votre parti, en acceptant avec plus ou moins de regrets le lot différent que vous présentera la Providence.

— Je ne puis m'empêcher de croire à la durée des sentiments que ce bon jeune homme exprimait si bien, répondit doucement Angéline, et moi, je suis si touchée, si reconnaissante! Thérèse, je rougirais de vous cacher quelque chose, et pourtant vous allez me trouver bien folle. Après avoir prié tout à l'heure, j'ai senti en moi, un instant, une sécurité si grande, une paix si tranquille, que je n'ai pu m'empêcher d'y voir un présage heureux pour l'année qui s'ouvre demain. J'avais tort, je le reconnais encore mieux après les sages raisons que je viens d'entendre, et néanmoins j'ai là, dans mon cœur, une petite voix qui proteste en dépit de tout, une petite voix qui me dit de prendre confiance dans l'avenir. »

Thérèse tressaillit; elle-même, sans qu'elle voulût l'avouer, avait aussi reconnu, avant de quitter l'église, l'accent de la petite voix dont parlait sa fille d'adoption.

— Le malheur a deux filles bien différentes, dit l'ouvrière; toutes les deux charmantes, cependant, et qu'il est facile de confondre : l'une est l'illusion, l'autre l'espérance. »

Angéline ne répondit rien, et, après un instant de silence, Thérèse, qui était venue s'appuyer sur la tablette de la cheminée, reprit, en indiquant des yeux deux croix de la Légion d'honneur placées au-dessous du petit miroir :

« Illusion ou espérance, Dieu le sait, mon enfant; mais, quoi qu'il arrive, rappelons-nous l'héritage que chacune de nous tient de son père. Ils étaient gens de cœur et intrépides, ces deux marins, et nous devons à leur mémoire de justifier pleinement l'ancien adage : « Bon sang ne saurait mentir. » Il n'y a pas moins de grandeur à souffrir courageusement la douleur qu'à faire des actions d'éclat. La douleur, c'est notre champ de bataille à nous, pauvres femmes, et nous pouvons y acquérir un mérite supérieur à la gloire bruyante, pourvu que la passion des choses élevées et la volonté du courage ne nous fasse jamais défaut. Un jour viendra (et l'âge m'avertit que, pour moi, ce jour n'est pas loin), un jour viendra où, couchées sur un oreiller trempé de nos sueurs, nous attacherons bien moins d'importance aux peines de la vie qu'au plus ou moins de courage que nous aurons mis à les supporter.

— Oui, Thérèse, oui, je serai digne de vous et digne de lui ! » s'écria la jeune fille, en détachant du mur la croix de son père et en la portant à ses lèvres. L'ouvrière se jeta dans ses bras, et ces deux femmes s'embrassèrent une fois de plus, comme l'eussent fait deux frères d'armes, dont l'un aurait reçu de l'autre les insignes de la chevalerie.

Un mot avait particulièrement frappé la fille du lieutenant dans ce que l'ouvrière avait dit d'abord. Quel sujet de rancune pouvait avoir M. Coquillard contre son père?

« Vous savez, dit Thérèse, qu'une lettre autographe de Volney, encadrée richement, occupe la place d'honneur dans le salon de M. Coquillard, et que le vieillard ne manque aucune occasion de la faire lire. La première fois que votre père lui fut présenté, l'aïeul de Maxime n'eut rien de plus pressé que de raconter comment, dans sa jeunesse, il écrivit un livre qu'il envoya à l'auteur des *Ruines*, et comment celui-ci lui

avait gracieusement répondu par l'épître dont le
bonhomme est si fier. Là-dessus, l'éloge de Volney fut poussé si loin que le visiteur, choqué
dans ses convictions religieuses, finit par perdre
patience. La discussion devint on ne peut plus
orageuse, et comme le propre fils du vieux bour-
geois philosophe, l'ami de votre père, prit parti
lui-même en faveur du christianisme contre l'i-
dole de ce pauvre M. Coquillard, celui-ci traita
votre père de dévot, de capucin déguisé, et l'ac-
cusa d'armer les enfants contre leurs pères et de
jeter la division dans les familles. J'ai entendu
souvent, il y a quelques années, ces reproches,
qui n'ont pas empêché M. Maxime de suivre
l'exemple de son père et du vôtre, et de prati-
quer franchement cette religion sainte, à laquelle nous devons de si grands bienfaits. Je ne
parle pas de la dévotion toute superficielle de
Fanny. Si quelque chose pouvait justifier les at-
taques contre la piété, ce serait de voir le caractère hautain, l'humeur revêche, la sécheresse
d'âme de certaines femmes qui se disent et qui
se croient pieuses. »

Thérèse se tut, Angéline se mit au travail, et
tandis que, la tête dans les mains, la jeune fille
étudiait une question difficile, sa compagne,
prenant son panier à ouvrage, se disposa à
sortir.

« Maintenant, à ce soir ! dit-elle : ne vous inquiétez pas de ma conversation avec le grand-père de Maxime ; voilà quarante ans que je travaille chez lui, et il ne me fait pas peur. »

IV

Explique qui pourra comment Thérèse, en descendant l'escalier, en suivant la rue du Rempart, en traversant la place Saint-Louis, entendait de plus en plus distinctement la petite voix qui s'était mêlée à sa prière. Est-ce sur l'invitation de cette voix intérieure qu'on la vit s'arrêter devant un étalage de livres et fureter bientôt parmi les volumes, malgré la résolution qu'elle avait prise une heure auparavant? Tout à coup, une exclamation de surprise s'échappa de ses lèvres, et, avec un empressement qu'elle ne montrait jamais d'ordinaire, de peur d'augmenter les prétentions du bouquiniste, elle demanda le prix d'un ouvrage dont la reliure, en veau fauve, portait un cachet où se trouvaient une courte devise et un nom. Le marché fut conclu moyennant un franc, et l'ouvrière dut se trouver fort heureuse que le marchand n'eût pas remarqué ses regards avides et le tremblement nerveux de sa main. Thérèse poursuivit sa route en feuilletant le précieux volume.

« Son cachet! murmurait-elle, et de plus des annotations manuscrites qui pourraient bien être de lui! C'est merveilleux! c'est providentiel! »

V

Laissons la fille du pilote à la joie que lui donne sa découverte, et revenons à mademoiselle Coquillard. Nous aurions voulu, pour l'édification de tous, ne rien perdre de ses méditations à peine indiquées tout à l'heure; mais, à notre grand regret, au moment où nous la retrouvons, elle a repris sa marche à travers l'église; elle revient vers le porche, toujours avec cet air superbe qui faisait dire à Shakspeare, en parlant de certains personnages du même caractère : « Il n'est pas jusqu'à leurs nez qu'on ne « prît pour des conseillers de Pépin ou de Clo- « taire, tant ils les portent haut et tant leur mor- « gue est imposante. » La petite personne, relevant ainsi la tête et se dressant de façon à ne pas perdre une seule ligne de sa taille, remarqua son frère agenouillé dans un coin, et daigna lui faire un signe pour l'inviter à sortir avec elle.

Le frère et la sœur arrivèrent ensemble à la maison qu'ils habitaient, le premier trop absorbé dans ses réflexions pour prêter grande attention au regard sévère qu'on lui adressait de temps en temps le long du chemin. Fanny ouvrit la porte du salon, et, par un nouveau signe plus roide et plus impérieux que le premier, elle fit comprendre à Maxime que dans peu d'instants elle allait rompre un silence commandé jusque-là par la présence importune de la femme de chambre chargée de porter le livre d'heures. Débarrassée de son chapeau et du manteau Ristori, elle vint se placer, debout et toute droite, devant le fauteuil où le jeune homme s'était jeté d'un air chagrin. Les mains jointes et pinçant les lèvres, Fanny secoua plusieurs fois la tête avant de se décider à parler. Enfin, d'un ton de reproche mêlé d'une certaine condescendance orgueilleuse :

« Maxime, dit-elle, est-ce convenable?

— Quoi? qu'y a-t-il? répondit son frère arraché tout à coup à sa rêverie.

— Est-ce convenable?... répéta la sœur dont les rides précoces s'augmentaient en parlant ainsi.

— Et qu'est-ce qui n'est pas convenable? demanda Maxime en fixant, à son tour, sur celle qui l'interrogeait, un regard peu amical.

— Chercherez-vous à nier que vous soyez venu, ce matin, à Saint-Louis, dans le but d'y voir cette petite mendiante? Bon-papa m'a tout raconté, monsieur, et je rougis de la vulgarité de vos sentiments. »

Le mot de mendiante produisit un effet rapide sur la torpeur dont le jeune homme paraissait encore accablé. Il se leva d'un bond, et la voix tremblante de colère :

« Vous parlez de sentiments bas, s'écria-t-il; en connaissez-vous de plus misérables que ceux qui vous portent à insulter la pauvreté et le malheur?

— Me supposez-vous envieuse des mérites d'une aspirante au brevet d'institutrice ?... répliqua Fanny avec son geste le plus dédaigneux.

— Vous auriez, assurément, beaucoup de choses à lui envier, repartit Maxime. Je ne vous connais sur elle qu'un seul avantage, et elle en a vingt sur vous.

— Et cet avantage unique, au moins faut-il me l'indiquer.

— Elle est pauvre et vous êtes riche: tout est là !

— Fort bien, monsieur, continuez ; la rudesse de vos paroles ne m'empêchera pas de vous servir en excitant toujours bon-papa à vous résister. Qui le croirait? Songer à prendre pour compagne et à me donner pour sœur la protégée d'une ouvrière !

— Pourquoi pas ? Les ouvrières ont souvent la main heureuse, témoin l'Œuvre des Petites Sœurs des Pauvres, en Bretagne ; de la Propagation de la Foi à Lyon, toutes les deux fondées par des ouvrières, soutenues aussi par elles en grande partie, et devenues ainsi leurs protégées, comme vous le dites, ce qui n'ôte rien à l'admiration du monde. Mais sans rappeler ici ces grandes choses, n'est-il pas glorieux pour une femme de gagner courageusement, au prix de ses veilles et de ses fatigues, le pain qui nourrit sa famille ; de s'immoler jour par jour au chevet d'une mère infirme, d'un père malade, d'un frère au berceau ?... Ah ! mademoiselle ! dans ces mansardes si inconnues, si dédaignées, vous ne savez pas, vous ne saurez jamais combien d'héroïsme se cache très-souvent sous un nom de mère, d'épouse, de fille, de sœur !

— A merveille, monsieur, je vois que les mansardes renferment tant de vertus et de mérites qu'il n'en reste plus pour les salons.

— Ne me faites point dire ce qui est loin de ma pensée, reprit Maxime avec animation. Je ne veux être injuste envers personne, je soutiens seulement qu'une femme bonne et vertueuse a besoin pour se connaître elle-même et pour se faire apprécier ce qu'elle vaut, de traverser des jours de souffrances physiques ou de détresse morale. A une époque encore près de nous, de grandes dames, arrachées tout à coup à leurs somptueuses demeures, dépouillées de leurs richesses, se sont vues réduites aussi au travail de leurs mains pour soutenir des êtres chéris. Eh bien! ces mauvais jours écoulés, croyez-vous que les pères, les époux, les fils de ces nobles ouvrières, après les avoir vues à l'œuvre, n'aient pas senti pour les compagnes de leur indigence une vénération qu'ils ne se connaissaient pas jusqu'alors?...

Fanny, dans ses fréquents accès de mauvaise humeur, avait un petit rire nerveux dont l'effet inévitable était de porter jusqu'à l'exaspération l'irritation de son frère. Celui-ci, malgré des qualités précieuses, n'était point parfait, et la vertu de patience lui faisait entièrement défaut. Le rire dont je parle donnait en ce moment aux traits de mademoiselle Coquillard leur expression la plus moqueuse et la plus hautaine. On jugera dès-lors si les paroles suivantes étaient faites pour amener la paix :

« Bravo ! Maxime, vous me rassurez. J'étais fort en peine tout à l'heure en apprenant que je ne possédais qu'une seule vertu, la richesse ;

mais, du moment qu'avec celle-ci toutes les autres peuvent exister en germe, je n'ai plus qu'à demander au ciel un revers de fortune pour les voir s'épanouir. Vienne donc bien vite un coup du sort qui fasse de votre sœur une institutrice... une couturière. Vous pâlissez : allons, je consens à oublier la protectrice et je ne m'occuperai de la protégée que le moins possible. Causons de vous, de vous seul. Songez donc, mon ami, qu'il ne tiendrait qu'à vous de choisir une compagne dans une grande famille, la famille de Kerazo, par exemple. Voilà ce que réclament les exigences de notre position ; notre mère était une Pénacréty dont les ancêtres ont tenu un rang distingué à la cour des ducs de Bretagne. Nous avons dans notre parenté des noms historiques, les Kervaligny, les Keralennec.

— Oui, et nous avons aussi du côté paternel Simonneau le charcutier et Pimperlet l'étameur de casseroles. Comment, vous baissez les yeux !.. Ah ! mademoiselle de Coquillard, la généalogie est chose très-sérieuse, et avec laquelle le triage n'est pas permis. »

Fanny ricanait toujours : elle avait repris son chapeau et se dirigeait vers la porte.

« Je vous félicite, dit-elle, de la fidélité de votre mémoire : pour moi, je l'avoue, j'ou-

blie volontiers les gens grossiers et sans éducation.

— Y compris vos aïeux, mademoiselle, reprit
Maxime en faisant quelques pas de son côté. Je
vous ai vue, ce matin, à l'église, dans l'attitude
du recueillement; assurément, vous ne médi-
tiez pas sur le quatrième article du Décalogue!
Oh! continua le jeune homme en élevant la
voix, j'ai vu parfois, dans les meilleures familles
de gentilshommes, certains préjugés de naissance; mais rien n'approche de la morgue
impertinente de ces petites bourgeoises nouvel-
lement alliées à la noblesse! Les paroles outra-
geantes que je viens d'entendre, qui les a
prononcées? Est-ce la descendante des Mont-
morency ou Fanny Coquillard, qui, sans remonter jusqu'à quatre générations, trouverait
facilement dans sa famille une bisaïeule vivant
honnêtement d'un petit commerce, de sa
couture ou de son tricot?... Pauvres vieilles
grand'mères, autrefois peut-être l'orgueil de
l'atelier ou la merveille du comptoir, voilà
comment vous traitent vos petites-filles dès
qu'un caprice de la fortune leur donne un
salon et une femme de chambre! »

Fanny sortit sans répondre un mot: la colère
l'étouffait.

« A la bonne heure! lui cria son frère en la

poursuivant sur le palier; dans vos études sur le blason, Fanny, je vous recommande surtout une devise: Qui s'y frotte s'y pique! »

VI

Demeuré seul dans le salon, Maxime se calma peu à peu; il avait repris le cours de ses ré flexions interrompues par sa querelle avec sa sœur, quand la porte s'ouvrit tout à coup et donna passage à Thérèse. Celle-ci, en apercevant le jeune homme, voulut se retirer.

Maxime la retint.

« Non, dit-il, ne me fuyez pas ainsi! j'ai tant besoin de votre appui et de vos consolations, ma bonne Thérèse!

— Je croyais qu'il n'y avait personne au salon, répondit Thérèse d'un air distrait, et je suis venue... je voulais voir... »

Tout en parlant, l'ouvrière s'était rapprochée de l'encadrement magnifique qui entourait de délicates moulures la lettre autographe de Volney. La fille du pilote essuya soigneusement les verres de ses lunettes, et parut se disposer à lire.

« Thérèse, continua le jeune homme, vous

avez connu mon père lorsqu'il n'était encore qu'un petit collégien, mes parents vous aimaient, et vous savez s'ils m'ont appris à vous respecter et à vous chérir. Mon projet de bonheur n'est ni un coup de tête, ni l'effet d'un entraînement passager. Non! si le plus cher de mes vœux est d'obtenir Angéline pour la compagne de toute ma vie, c'est que j'ai la certitude que mon père et ma mère n'eussent pas désapprouvé cette union. Je sais qu'on ne peut sans imprudence heurter les préjugés du monde, et qu'un mariage entre une pauvre fille du peuple et un homme appartenant à une classe plus élevée est rarement heureux. L'éducation n'est pas la même, les relations sont différentes; de là, des froissements de plus d'une sorte, et qui suffisent amplement pour détruire bien vite toute félicité. — Mais ici, ma vieille amie, vous ne trouverez rien de pareil. L'éducation de mademoiselle Angéline n'est pas inférieure à celle de Fanny, et son père, comme le nôtre, avait le grade de lieutenant de vaisseau. La difficulté provient de l'absence complète de fortune : bon papa lui-même ne peut alléguer une autre raison pour justifier l'opposition qu'il m'a faite hier. »

L'ouvrière était absorbée dans la contemplation de la fameuse épître ; elle lisait à demi-voix :

« Je reçois votre aimable lettre et votre char-
« mant volume au moment de monter en voi-
« ture pour un voyage de trois mois. J'ai pu
« seulement jeter les yeux sur votre préface, et
« ce rapide coup d'œil a suffi pour me pro-
« mettre, à mon retour, un véritable bonheur.
« Pour éviter de confondre votre ouvrage avec
« tant d'autres qui me sont journellement
« adressés, je viens d'y apposer mon cachet
« et de lui donner une place d'honneur dans ma
« bibliothèque. Croyez donc, monsieur... »

« Thérèse, reprit Maxime d'un ton de reproche, est-il possible qu'au lieu de m'écouter,
vous vous amusiez à relire les phrases banales
que vous connaissez depuis plus de quarante
ans !

— C'est bien cela, murmurait Thérèse toujours avec la même préoccupation ; son cachet
sur le volume... une place à part...

— Vous êtes si habile, si ingénieuse, poursuivit le petit-fils de M. Coquillard, en prenant
doucement la main de l'ouvrière. N'ai-je pas
entendu cent fois nos dames de charité, lorsqu'une situation compliquée effrayait leur zèle,
se dire les unes aux autres : Il n'y a que mademoiselle Thérèse pour nous tirer de là !

— En vérité, dit la fille du pilote, qui continuait à fixer toute son attention sur le contenu

du cadre, c'est bien la même écriture ; seulement, celle-ci est tracée à la plume et l'autre au crayon.

— Que voulez-vous dire, Thérèse? pour l'amour du ciel, laissons là Volney, et cherchons ensemble s'il n'y aurait pas quelque moyen de toucher mon grand-père et de le faire revenir sur sa détermination. »

Cette fois-ci l'ouvrière avait écouté.

« Monsieur Maxime, dit-elle, ce qui me paraissait impossible hier pourrait ne pas l'être autant ce matin. Je veux essayer quelque chose, et si je connais bien le caractère de M. Coquillard, nous n'avons pas lieu de désespérer entièrement. Tout ce que je vous demande, c'est de ne pas m'interroger et de retourner au plus tôt dans votre chambre. Vous devez ignorer ce que je vais faire, et il est important que votre aïeul ne puisse jamais supposer que nous nous sommes concertés vous et moi. Ah! pardonnez! ajouta la fille du pilote! j'oubliais de vous recommander de ne vous étonner de rien et de vous tenir l'esprit en repos, quelles que soient les apparences.

Le bruit des pas de Maxime retentit bientôt dans l'escalier. Thérèse avait repris son poste devant la lettre autographe, et elle tenait à la main un volume qu'elle feuilletait avec la plus

grande attention. De temps en temps une exclamation lui échappait : « Parfait! excellent!
de mieux en mieux! » Cet examen l'intéressait
tellement que M. Coquillard put ouvrir la porte
et s'avancer jusqu'au milieu du salon sans lui
faire détourner les yeux de son livre.

VII

Le riche propriétaire était un petit vieillard
au teint basané, aux traits anguleux, couverts
de rides, et qui, dans leur ensemble, rappelaient
le visage peu attrayant de mademoiselle Fanny.
Doué d'un amour-propre excessif, il avait eu,
dans sa jeunesse, des prétentions à la gloire lit-
téraire, et ce fut alors qu'il publia des *Considérations philosophiques* sur le grand ouvrage de
Volney. Il ne se vendit que deux exemplaires
de ce beau travail, l'un à un ami qui vint trois
jours après emprunter vingt louis à l'auteur;
l'autre à une dame sans fortune, mère de quatre
filles à marier, et qui professa pour M. Coquillard, tant qu'il fut célibataire, une admiration
sans bornes. La lettre de l'auteur des *Ruines* si
religieusement conservée devait être le seul
honneur que retirerait de sa publication le jeune

philosophe. Profondément blessé de cet échec,
il tourna les ressources de son génie vers les
opérations financières, et, cette fois, il fut plus
heureux. L'argent devint un culte pour lui,
moins par avarice ou avidité que par orgueil. Le
suprême bonheur à ses yeux était d'exciter l'envie ; et, dans ce but, il rêvait avant tout pour
chacun des enfants de son fils un mariage riche
et brillant. Toutefois (il est bon de noter ceci),
les nouveaux dieux qu'il servait n'avaient pu
remplacer dans son cœur les premières ambi-
tions de sa jeunesse. La gloire des lettres lui
paraissait encore aussi séduisante que par le
passé, et souvent son petit-fils l'avait trouvé
presque en larmes, et poussant de gros soupirs
devant l'armoire secrète où se trouvaient entas-
sés, par piles de cinquante, tous les exemplaires
de l'édition si indignement repoussée par le
public.

Thérèse reconnut la présence du vieillard
dans le salon, en l'entendant répéter deux fois,
derrière elle, d'un ton de mauvaise humeur :

« Jolies étrennes, ma foi ! jolies étrennes !

— Qu'avez-vous donc, monsieur? demanda
l'ouvrière avec empressement.

— Scène de douleur hier ! scène de violence
à l'instant ! folies du frère ! colère de la sœur !
c'est à ne pas y tenir, en vérité ! Si l'autre

année commence aussi tristement que celle-ci
finit!... Mais, Thérèse, continua M. Coquillard
en se ravisant, vous pourriez bien n'être pas
étrangère à tout ce bruit, et sachant que vous
étiez dans la maison, je vous cherchais justement pour vous en parler. Voyons! expliquons-
nous : et, d'abord, comment se fait-il qu'au
lieu de monter directement dans la chambre où
vous travaillez d'ordinaire, je vous trouve ici
dans le salon.

— Demandez-le à la lettre de M. de Volney
et à ce livre, répondit Thérèse. Si l'année ne
commence pas trop bien pour vous, elle finit
merveilleusement pour moi. J'ai aussi, maintenant, mon autographe de votre écrivain favori:
un livre annoté de sa main... et ce livre, vous
le connaissez! Ah! vous n'avez pas besoin de
prononcer une parole : nous nous sommes
devinés tous les deux. Ce volume qui se retrouve
ici après plus de quarante ans, faut-il le
nommer?

— Mes *Considérations philosophiques sur
les Ruines*? Ah! Thérèse, la surprise, le
plaisir... il me semble que je vais avoir un
éblouissement.

— Ne vous réjouissez pas trop vite, dit l'ouvrière en avançant un fauteuil dans lequel
M. Coquillard se laissa tomber; ce volume

m'appartient, et je vous déclare que je ne le
céderai ni à vous ni à personne.

— Thérèse, Thérèse, je lis dans vos yeux!
Vous voulez me rançonner. »

Le caractère de la fille du pilote était bien
connu : désintéressée pour elle jusqu'à l'abnégation la plus parfaite, elle devenait aussi avide,
aussi rapace que personne lorsqu'il s'agissait
de venir en aide, au moyen d'un gain légitime
quoique exorbitant, à quelques familles indi-
gentes. Elle faisait de singuliers marchés avec
les femmes riches qui réclamaient l'emploi
de son talent. Si l'ouvrage pressait trop, et s'il
fallait prendre sur des nuits pour le finir,
avant de céder aux instances, elle exigeait toujours des promesses de secours pour les uns, de
recommandations pour les autres, et l'accepta-
tion immédiate de billets de loterie dont elle
avait provision. L'enjouement qu'elle mettait à
ces débats en faisait une sorte d'amusement
pour ceux qui y prenaient part et devenait la
source de bien des actions généreuses. M. Coquillard, en voyant son livre entre les mains
de Thérèse, ne pouvait douter un instant qu'il
ne lui fallût s'en passer, à moins de le racheter
fort cher.

« Combien?... de la conscience, ma vieille
amie! Cent francs?

5.

—Examinez ce cachet, dit l'ouvrière ; mais ce n'est rien que cela ; il y a aussi des annotations, des annotations très-curieuses.

— Des annotations de sa main ! de sa main à lui!... Comment, vous ne voulez pas même me les laisser voir ? Ah ! Thérèse, nous allons finir par nous brouiller.

— Nullement, monsieur, je suis dans mon droit, et vous êtes beaucoup trop juste pour me blâmer de vouloir conserver à ce livre un attrait de curiosité.

— Des annotations! répétait en lui-même M. Coquillard ; le grand philosophe, l'illustre penseur a voulu mêler ses idées aux miennes, et leur donner plus de force en les appuyant! Ce livre m'appartiendra ; je ferai pour l'avoir tous les sacrifices.

— Jouons cartes sur table, reprit Thérèse, et commençons par justifier d'abord l'opinion que vous avez sur ce que vous appelez mes superstitions. Ce matin, je ne pouvais m'empêcher de soupirer en priant pour Angéline, et je demandais à Dieu, du fond de mon âme, de protéger cette pauvre enfant que vous pourriez rendre si heureuse. J'osais supplier notre Dieu à nous, le Dieu des affligés, le Dieu du Calvaire de ne pas me laisser commencer une année nouvelle avec un poids si lourd sur

le cœur. Je traverse la place, et je trouve quoi?
un livre unique et du plus grand prix pour
vous. Je n'avais rien à donner jusqu'à présent
à ma jeune compagne pour vous porter à la
bien accueillir. Maintenant, il me semble que
tont est changé ; elle a une dot.

— Avez-vous perdu l'esprit, Thérèse ? demanda M. Coquillard en se redressant de toute
sa hauteur.

— Je n'ai perdu ni l'esprit, ni l'espérance,
car je sais déjà que n'ayant aucune objection
sérieuse à faire contre ce mariage, vous céde-
rez à la tendresse que vous inspire et que mérite
si bien votre petit-fils.

— Mais mon petit-fils peut prétendre aux
meilleurs partis de la ville !

— N'est-il pas assez riche pour deux ? répliqua la fille du pilote avec cet aplomb qui ne la
quittait jamais.

— Je le veux bien, répondit le vieillard ;
mais cette fille n'est pas seulement sans fortune,
elle descend d'un père ignare, sans esprit et
qui fut d'une impertinence à propos de cet
admirable Volney !...

— Justement ! n'est-il pas plaisant que la fille
n'ait à vous présenter aujourd'hui pour tout héritage que l'empreinte du cachet et quelques lignes inédites de l'écrivain dédaigné par le père.»

M. Coquillard se caressait le menton, son front se déridait. Thérèse conclut en disant qu'elle laissait à ses réflexions l'auteur des *Considérations philosophiques*, qui la retrouverait là-haut, dans la chambre où elle travaillait depuis plusieurs jours à une robe de fantaisie. Cette robe, suivant l'espoir de Fanny, motivé sur ce qu'il était impossible d'en découvrir une semblable dans les magasins de Brest, devait dérouter complétement l'audace de madame Folichon.

Il fallut de violents efforts à M. Coquillard pour retourner dans son cabinet et s'y enfermer le reste du jour. Thérèse n'eût pas été sans quelques inquiétudes si, vers le soir, une scène de reproches, de la part de mademoiselle Fanny, ne l'eût rassurée entièrement. L'héritière avait trouvé son grand-père dans une agitation incroyable ; il ne parlait que de M. de Volney, d'un exemplaire des *Considérations* annoté par ce trop célèbre philosophe, et l'orgueil du vieillard s'exaltait tellement à l'idée de voir son nom associé à celui de l'auteur des *Ruines*, qu'il fallait renoncer maintenant à toute autre conversation avec lui ; cependant certaines questions se rapportant à Angéline avaient parfaitement éclairé Fanny sur le plan tout machiavélique de l'ouvrière. La sœur de Maxime ne comprenaît pas qu'une femme dont jusque-là toutes les actions avaient annoncé une piété sincère, pût, dans le but de marier richement sa protégée, sacrifier l'âme d'un homme distingué, considérable, d'un Coquillard!

Thérèse ne s'émut pas en écoutant des accusations si graves : elle répondit qu'elle ne sacrifiait rien du tout; que l'âme de M. Coquillard n'avait jamais couru moins de danger qu'en ce moment. Fanny sortit de la chambre avec un mouvement d'épaules très-significatif.

L'ouvrière avait achevé sa journée : elle descendait l'escalier pour reprendre le chemin de sa mansarde, lorsque M. Coquillard, n'y tenant plus, s'élança sur le palier.

« Ma vieille amie, dit-il en lui prenant les deux mains, 6,000 fr. de dot pour Angéline!

— Non, pas d'argent! rien autre chose que son mariage avec votre petit-fils!... Ah! monsieur, celui que j'ai vu mourir dans cette chambre, après vous avoir tant recommandé Angéline, n'aurait pas refusé de rendre heureux ces deux bons jeunes gens. Si le sacrifice vous paraît trop dur, je suis fière du moins de vous déclarer en vous quittant que le mariage n'aura jamais lieu sans votre consentement bien formel. Les bénéfices de la loi n'ont pas plus de séduction pour le respect filial de Maxime que pour la dignité de celle qu'il voudrait obtenir de votre tendresse et de votre raison. »

M. Coquillard baissa la tête, et rentra dans son cabinet sans prononcer une parole de plus.

VIII

Parmi toutes les nuits de l'année, aucune ne m'a causé autant d'insomnie que la nuit de la Saint-Sylvestre. O l'enfance, les pantins, dont les pieds rejoignent la tête en dansant! les cavaliers qui se tiennent en selle au moyen d'un clou! les bergeries et les vacheries si curieuses où le veau n'est guère moins gros que le bœuf! Ces merveilles, et d'autres encore, on les devine, on les flaire à chaque pas, la veille du 1er janvier, et, pour ma part, les tableaux que je me faisais d'avance de tant de richesses, chassaient bien loin le sommeil. N'avais-je pas entendu déjà chez mon aïeul des sons de violons, de tambours, de sifflets, que mes tantes me renvoyaient mystérieusement, protégées qu'elles étaient contre ma curiosité impatiente par les battants de la grande armoire? Tous mes jouets d'étrennes ne valaient pas six francs. Que dis-je? ils valaient les mines de la Californie,

du moment que je possédais un don précieux,
celui du bonheur à bon marché. Les heures
s'écoulaient délicieusement jusqu'au matin dans
l'attente des joies promises. Que ne donnerais-je
pas, maintenant que le lendemain m'importe si
peu, pour retrouver ces caprices de la fantaisie
qui autrefois se pressaient en foule autour de
mon petit oreiller? — La nuit de la Saint-Sylvestre va revenir... elle approche... Ma sœur
l'Imagination, ma sœur l'Espérance, si vous ne
dormez pas cette nuit-là, contez-moi encore
un de ces contes que vous me contiez si bien.

Mon vieux confrère en littérature, l'auteur
des Considérations Coquillardes, ne dormit pas
mieux la nuit du 31 décembre 1856 que je ne
le faisais il y a vingt-cinq ou trente ans. Il
annotait à sa manière, et Dieu sait avec quels
éloges, ce volume que son auteur favori avait
enrichi de remarques dont la publication ferait
un si grand honneur à tous les deux. L'échec
fait à l'amour-propre de l'écrivain breton allait
être réparé, car mieux valait encore autoriser
Maxime à épouser une fille sans dot que de
renoncer au succès promis à la nouvelle
édition de l'ouvrage philosophique. — Volney
et Coquillard, Coquillard et Volney, ces deux
noms seraient bientôt dans toutes les bouches.
Le vieillard était l'un des orateurs du conseil

municipal, et le moins écouté de tous. Il pensait aussi avec délices au dépit des discoureurs mieux favorisés à la réapparition de son livre.

Donc, le 1er janvier 1857, à dix heures du matin, un petit coup sec se fit entendre à la porte de Thérèse, et sur l'invitation d'entrer, on vit paraître en même temps M. Coquillard et son petit-fils.

« Bonne année à vous, Thérèse! dit le premier avec un air de jubilation. Bonne année aussi à vous, ma petite! Je viens vous voir et vous embrasser toutes les deux. Vous voilà bien surprise, mon enfant, continua le vieillard en embrassant cordialement la jeune fille qui tremblait de tous ses membres, et pouvait à peine se soutenir. Rassurez-vous, je vous donne un mari pour étrennes : nous venons, Maxime et moi, de tout régler pour les publications nécessaires. »

Un regard satisfait jeté sur la couturière mit le comble à la générosité de M. Coquillard. Il y eut ensuite une scène d'attendrissement à laquelle je n'ai pas le loisir de m'arrêter.

Cependant, qui le croirait? Maxime était soucieux. Se trouvant seul un instant près de sa vieille amie, tandis que son aïeul causait avec Angéline, il osa glisser tout bas une observation :

« Chère Thérèse, dit-il, je crains que, dans

votre zèle à nous servir, vous n'ayez fait beaucoup de mal à mon grand'père. J'ai remarqué en lui tout-à-l'heure un redoublement d'impiété qui va s'augmenter encore par ces malheureuses annotations.

— Non, non, soyez sans crainte, répondit la couturière. Ne vous ai-je pas dit de ne pas vous fier aux apparences? Attendez! il sortira de ceci quelque chose d'heureux pour votre aïeul comme pour vous. »

Il est inutile de dire que le précieux volume fut remis immédiatement à son auteur. Ce présent fut accompagné de ces paroles que le vieillard n'entendit pas sans une certaine inquiétude :

« Il est bien convenu, n'est-ce pas, monsieur, que, quelle que soit la nature des notes de M. de Volney, nos conventions n'en subsistent pas moins? J'ai maintenant votre parole.

— Vous l'avez, répondit l'aïeul, et il ne mit que bien peu de minutes pour se transporter de la mansarde dans son salon, où il ouvrit enfin le livre après avoir détaché de la tapisserie la lettre autographe dont il voulait comparer l'écriture à celle des annotations.

La première de ces annotations était fort laconique; elle était tracée au crayon, à la fin de la préface :

« *Pas trop mal.* »

« Voilà un éloge assez mince, se dit l'auteur des *Considérations philosophiques*. Je parle, cependant, dans cette préface, avec l'enthousiasme le plus vif des ouvrages de M. de Volney. »

M. Coquillard poursuivit son examen. Quel ne fut pas son étonnement en lisant la seconde note :

« *Ce raisonnement est digne d'un écolier.* »

L'auteur désappointé ne pouvait en croire ses yeux. Comment supposer jamais que son héros, son idole aurait pu traiter de cette façon cavalière un admirateur aussi fervent? Ce fut bien pis lorsqu'en avançant dans sa pénible lecture, le vieillard trouva des paroles telles que celles-ci : *Style de pédant! — idée absurde, — démonstration pitoyable.* — Et impossible de se consoler en se disant que le volume ayant passé par plusieurs mains, les critiques pouvaient n'être pas de Volney ! Hélas! non, l'écriture de l'épître et celle des annotations était bien la même, et le pauvre mystifié, après l'avoir vérifiée une fois de plus, remit le cadre à sa place sans trop savoir ce qu'il faisait.

« Voilà donc l'homme pour lequel je m'étais passionné si follement! Voilà donc le philosophe infaillible ! se dit M. Coquillard avec un ricanement non moins amer et non moins

dédaigneux que celui de sa petite-fille. J'ai
presque envie de brûler tout cela. Voyons,
ouvrons encore une fois le livre au hasard.»

Il semblerait que Volney, en parcourant l'ouvrage en question, avait eu d'abord la pensée
qu'au milieu de ce fatras incroyable, il décou-
vrirait peut-être une idée, quelque chose dont
il ferait son profit dans un de ses ouvrages,
presque aussi oubliés maintenant que les *Considérations* de l'écrivain breton. A la moitié du
volume, pourtant, la patience avait échappé
à l'annotateur, et, sans pousser plus loin ses
vaines recherches, il avait résumé son opinion
dans cette cruelle phrase sur laquelle tomba
justement M. Coquillard :

« *Décidément, l'auteur n'est qu'un niais.* »

Oh ! pour le coup, le bonhomme perdit patience à son tour, et d'une main irritée il lança
le volume au beau milieu du cadre dont le verre
se brisa en mille pièces.

IX

La première entrevue avec Thérèse fut orageuse.

« Je maintiens, dit l'ouvrière, dont le raisonnement que nous allons citer finit par apaiser l'aïeul de Maxime, je maintiens qu'en remettant entre vos mains ce livre rempli, selon vous, de critiques monstrueuses, je vous ai rendu un service beaucoup plus grand que si votre philosophe n'avait eu que des aménités pour votre ouvrage. Vous figurez-vous ce volume acheté par tel ou tel conseiller municipal? Quelle jubilation pour les envieux de votre mérite! Quel scandale! »

En terminant ce récit, j'ajouterai quelques mots sur la position actuelle de nos personnages. Une réaction contre les philosophes s'est faite dans l'esprit de M. Coquillard, et l'on va jusqu'à m'assurer qu'il accompagnait Angéline à la messe, le jour de la Toussaint. La piété vraie, aimable, communicative de la compagne de Maxime a fait presque autant, pour amener un changement si heureux, que l'his-

toire tragi-comique des annotations de M. de
Volney.

Thérèse vit seule aujourd'hui, toujours laborieuse, toujours charitable, et bien persuadée que le pain quotidien ne lui fera jamais
défaut. Lorsque ses amies la blâment de tout
donner sans aucune prévoyance pour sa vieillesse, elle répond gaiement qu'elle mourra l'aiguille à la main, et que, dans tous les cas, un
lit d'hôpital n'a rien qui lui fasse peur. A ce
mot d'hôpital, Angéline et Maxime jettent les
hauts cris, et promettent bien, en dépit de toutes
les résistances, que Thérèse n'aura jamais le
droit d'être sérieusement malade ailleurs que
dans leur maison.

Et mademoiselle Fanny Coquillard? Ah! mademoiselle Fanny! après avoir contribué pour
beaucoup à la faillite que vient de faire madame Folichon, elle relève le menton d'un bon
centimètre de plus depuis le désastre de la modiste. Le mariage de son frère a eu aussi pour
résultat d'augmenter les prétentions de l'héritière chargée à elle seule, depuis cette folie de
jeune homme, de sauver l'honneur de la maison. Jusqu'à présent, les partis sont peu nombreux, malgré la dot très-considérable. J'entends parler de gageures : les uns prétendent
que la sœur de Maxime est destinée à vivre dans

l'isolement comme le phénix ; les autres espè-
rent qu'un mariage pourrait s'arranger quelque jour par correspondance. La première condition pour réussir est d'être bien posé dans le
monde aristocratique, et la seconde d'avoir un
extérieur imposant. Inutile de se présenter si
l'on ne possède pas une taille bien cambrée,
une tête fièrement posée entre les épaules, et si
l'on ne justifie, au moins, seize quartiers de
noblesse. Avis à vos frères et à vos cousins,
mesdemoiselles.

UN GRAIN D'AMBITION

LÉGENDE PYRÉNÉENNE.

Un Grain d'ambition a paru, en 1849, dans les *trois Têtes de Géryen*, réimprimées depuis sous le titre de *Théophile Renaud*. Quelques personnes ont regretté de ne l'avoir pas retrouvé dans la nouvelle édition : le voici donc aujourd'hui. La dernière partie de cette légende me semblait d'une lecture pénible ; mais on a peut-être raison de croire que, dans un temps comme le nôtre, où chacun veut s'élever n'importe par quel moyen, les suites funestes de l'ambition ne seront jamais peintes sous des couleurs trop effrayantes.

UN GRAIN D'AMBITION.

LÉGENDE PYRÉNÉENNE.

∿∿∿∿∿∿∿∿∿∿∿∿∿∿∿∿∿∿∿∿∿∿∿∿∿

I

———————————

LE SOIR DE LA SAINT SYLVESTRE.

Près de Néouvieille, sur les bords d'un lac
où les fées se promènent souvent, le voyageur
remarque une de ces tours si nombreuses dans
les Pyrénées, et dont le nom s'est perdu. En
face de cette tour, de l'autre côté du lac, on aperçoit encore quelques vestiges d'une habitation
beaucoup plus modeste, et derrière laquelle un
torrent roulait ses flots tumultueux. Si vous
demandez au guide le nom de la ruine seigneu-
riale, il vous répondra qu'on la nomme la
Tour des deux mortes; si vous prenez garde aux

6

autres débris, il vous dira que ce fut la demeuré de Bensozia.

Il y a bien longtemps, plus de quatre cents ans peut-être, que cette tour, sur la plate-forme de laquelle deux femmes apparaissent la nuit, était habitée par une dame de haut lignage à qui la tradition a donné le nom de Gertrude. La comtesse Gertrude était jeune et belle, quand son époux mourut à la guerre, en lui laissant un fils unique âgé de six à sept ans. La mort du comte donna lieu à des bruits étranges. On assurait que, dans la confusion d'un sanglant combat, le seigneur était tombé sous le poignard d'un vassal marié depuis peu à la sœur de lait de la châtelaine. Ce vassal avait-il quelque secret motif de haine contre son maître? Chacun l'ignorait, mais à ne juger que sur l'apparence, les meilleures relations existaient entre lui, sa femme et les habitants du château. Gertrude, au moment du départ de son mari avec les hommes d'armes, s'était même engagée par serment à protéger d'une façon toute maternelle l'enfant qui devait naître à sa sœur de lait pendant l'absence du père entraîné malgré lui sur les champs de bataille. Dès ce jour, en effet, la bonne Éveline eut sa chambre à la tour, et les deux jeunes femmes se plurent à former ensemble des projets de bonheur ayant tous pour objet Gaston, fils de la comtesse, et le petit ange attendu. Celui-ci ne parut jamais cependant; et l'on apprit à la fois dans les campagnes voisines que Gertrude était veuve, et qu'une maladie grave de la pauvre Éveline laissait peu d'espoir de la conserver. Trois mois se passèrent dans les pleurs pour la châtelaine, et dans les souffrances les plus cruelles pour l'amie qui, après lui avoir été si chère, maintenant étendue sur un lit de douleur, demandait vainement à la voir. Ce changement soudain, on l'expliquait par les vagues rumeurs dont nous avons parlé. Du reste, la malade n'avait pas longtemps à s'en plaindre; elle allait commencer une autre vie dans laquelle n'ont accès ni les vicissitudes de la fortune ni les inconstances de nos affections.

C'était le soir de la Saint-Sylvestre, le dernier soir de l'année. Dans la petite maison faisant vis-à-vis à la tour, Gorri, le berger des bords du lac, était assis au foyer, et suivait de l'œil les mouvements empressés de sa femme. Celle-ci allait, venait, balayait, frottait, nettoyait avec une activité toujours croissante; elle s'occupait surtout d'une petite pièce située dans le coin le plus reculé de l'habitation : là sur une couchette de sapin, Bastienne avait placé sa meilleure paillasse bien remplie de paille fraîche, ses draps les plus fins et sa plus belle couverture. Deux ou trois escabeaux tripèdes, blancs comme neige, étaient disposés symétriquement autour d'une table non moins propre, et sur cette table on voyait tous les indices d'un grand festin.

— Voyons, marmottait la ménagère, est-ce bien? A ce bout les *armotos* (¹), en face le lait caillé ; de ce côté le plat de légumes, ici le pain blanc, la piquette au milieu... A présent, où mettrai-je cette fleur, la seule que j'aie pu trouver ?... Mon Dieu, mon Dieu, si elles pouvaient être contentes !

Et elle continuait ses préparatifs, trouvant toujours quelque chose à corriger.

A la fin son mari s'impatienta, et comme rien n'avait été oublié et qu'il ne lui restait aucun prétexte d'agitation, Bastienne dut prendre un escabeau et s'asseoir de l'autre côté du feu.

— Ah çà! dit Gorri, crois-tu réellement que les fées viennent encore dans nos montagnes, et que nous ayons quelque chance de les recevoir cette nuit?

— Si je le crois! s'écria Bastienne indignée, mon père ne les a peut-être pas vues, habillées de blanc et couronnées de violettes, glisser en bateau sur le lac d'Ovat! Je ne les ai pas enten-

---

¹ Bouillie de maïs.

dues, moi-même, dans mon enfance, chanter d'une voix douce sur la tour du Gabé-Doumi-nico ? Va, va, Gorri, si elles dédaignent notre maison, c'est toi qui en seras cause !

— Ma mère, dit Bernard, jeune garçon né le même jour que le fils de la comtesse, que feront les bonnes fées dans la petite chambre cette nuit ? Est-ce qu'elles mangeront tout le lait caillé et les armotos ?

— Je le voudrais, répondit la mère, car alors j'aurais deviné leur goût. Cette nuit, mon fils, les fées se promènent dans les vallées et entrent dans les cabanes ; les unes portent dans leurs bras un enfant souriant et couronné de roses, les autres un nouveau-né criard, le front entouré d'épines. Le premier de ces enfants est le Bon-heur, le second le Malheur. Lorsqu'elles sont satisfaites des soins que nous avons pris pour elles, le Bonheur nous est donné en récompense et alors la famille, les troupeaux, les moissons, tout prospère sous la garde des fées ; mais si notre négligence leur cause du déplaisir, le Malheur nous est laissé, et adieu la santé et l'aisance !

— Fasse le Ciel qu'elles ne nous apportent pas l'enfant pleureur, dit Gorri.

— Non, non, répliqua Bastienne, elles savent combien je les aime, combien je cherche à leur plaire : je n'étais pas plus grande que Bernard quand j'ai commencé à leur rendre un culte fidèle ; j'ai déposé les écheveaux de lin à l'entrée de leurs grottes ; durant les beaux mois de l'année, chaque matin, j'ai jeté pour elles une fleur dans le Gave, et l'hiver, chaque soir, j'ai répandu trois gouttes d'huile sur la flamme en les invoquant. Déjà elles m'ont prouvé qu'elles n'étaient pas insensibles à mes hommages ; j'ai placé deux bouquets sur la grande pierre qui porte leur nom, l'un pour avoir un bon mari, l'autre pour obtenir un fils, et j'ai été exaucée.

Gorri serra tendrement la main de Bastienne, et Bernard sautant sur les genoux de sa mère passa ses bras autour de son cou.

— Mais, dit le berger, que voudrais-tu maintenant? le bon Dieu nous donne la santé, notre champ et nos troupeaux suffisent à nos besoins, les armotos ne nous manquent pas, nous avons un bel habit de fête, et madame t'a fait présent d'une paire de souliers.

La pensée de ce dernier trésor, *nec plus ultra* de l'élégance montagnarde, ne parut pas produire un grand effet sur Bastienne. C'est pourtant vers la même époque qu'une comtesse de Bigorre fit un cadeau semblable à la reine d'Angleterre, comme le constate un testament où la généreuse dame reconnaît à cet effet une dette de dix-huit sous. Bastienne avait dans l'esprit le *petit grain d'ambition* dont parle La Fontaine.

— Si nous étions plus riches, dit-elle, je ne vois pas où serait le mal ?

Gorri secoua la tête.

— Femme, répliqua-t-il, tu manques de sagesse, et les paroles qui t'échappent ne me conviennent point. Le désir que tu viens d'exprimer est peut-être le germe de grands chagrins pour nous tous.

— Ce désir est pourtant bien simple, et je ne comprends pas comment il t'effraie.

— Ah ! dit le berger en soupirant, lorsque l'avalanche se précipite dans la vallée avec un bruit effroyable, lorsque dans sa chute elle brise les forêts, creuse des ravins, arrache les rochers des entrailles de la terre, engloutit les villages, le voyageur croit qu'un bouleversement de la nature a pu seul occasionner ces gigantesques dévastations. Qu'est-il arrivé pourtant?... Une petite pierre s'est détachée du sommet de la montagne.

— Je ne te comprends pas, dit la femme.

— Ton désir c'est la petite pierre, répondit le montagnard ; ô Bastienne j'ai peur de l'avalanche !

Au lieu de chercher à rassurer son mari, Bastienne lui fit observer que l'enfant s'endormait, et qu'il était temps de se coucher. La famille se leva du coin du feu, la *tède*, éclairage des bergers de ce pays, et qui consiste en des morceaux de la partie inférieure d'un pin dans laquelle la résine a été arrêtée au moyen d'une préparation, la tède s'éteignit, et la chaumière silencieuse, la porte ouverte toute grande, attendit la visite des fées.

A minuit un bruit léger s'éleva du lac, une nacelle se dirigeait vers la petite habitation. Une femme, une fée sans doute, en sortit mystérieusement et franchit le seuil de Gorri. Deux minutes après, elle retourna au bateau, et la rame l'emporta du côté de la tour. On ignore si la porte de la châtelaine s'ouvrit. Mais pourquoi se serait-elle ouverte? la fée ne pouvait y apporter le Bonheur, et le Malheur y était déjà.

II

Bastienne, réveillée avant le jour, s'élança de son lit, ralluma la tède, et, dans une anxiété facile à comprendre, se glissa vers le cabinet retiré où, la veille, elle disposait si bien la table et le lit : elle jeta d'abord un regard sur les plats; personne n'y avait touché. Les escabeaux étaient à la même place.

— Ah! dit la bergère, j'ai oublié de leur servir des truites!... elles voulaient des truites!...

Et ses yeux déjà humides se fixèrent douloureusement sur le lit. O surprise! bien enveloppé dans la couverture de laine, un petit enfant, un enfant nouveau-né, le front paré d'une couronne de roses impérissables, dormait paisiblement. A ses pieds était une layette, quelques

6.

pièces d'or dans une bourse et un billet. Qui
dira la joie de Bastienne?

— Gorri! Bernard! Gorri! cria-t-elle de
toute la force de ses poumons, le Bonheur! le
Bonheur!

A ce carillon triomphal du gosier de la ménagère, Gorri, dans sa précipitation, passa ses
jambes dans les manches de son gilet, et Bernard, pour éviter une si impardonnable erreur,
accourut en chemise.

Épouvanté par les cris de Bastienne, le Bonheur fit mine de pleurer, ce que la bergère em-
pêcha par une profusion de caresses. Toutefois
un profond étonnement se mêlait à la joie de
Bastienne : le Bonheur était une fille.

— Mais, Gorri, disait-elle, j'ai toujours pensé
que le Bonheur était un garçon?

— Cela est naturel, répondit le montagnard,
qui ne manquait ni de sens, ni même de galan-
terie à l'occasion; mais moi, Bastienne, quand
je te faisais la cour, je me représentais le Bonheur sous les traits d'une jolie fille.

— Tu avais ma foi raison, dit Bastienne.

On ne peut pas avoir tous les talents : la
mère de Bernard filait trop bien pour savoir
lire, et Gorri avait une foule d'autres connaissances qui excluaient nécessairement celle-là.
Comme la femme de notre ami Sancho recourut

dans une circonstance pareille au page de la duchesse, Bastienne pensa à la suivante favorite de madame Gertrude, et après avoir donné à boire à l'enfant un peu de lait de chèvre, elle traversa le lac avec son mari, dans l'intention de parler à Brigitte.

Les deux époux furent introduits dans une des chambres du donjon voisine de celle de la comtesse. Brigitte ne se fit ni attendre ni prier, et voici à peu près ce qu'elle lut, non sans y mettre beaucoup d'emphase :

« Bensozia, la fée du Bonheur, celle dont la blonde chevelure porte un diadème d'or, et dont les bras sont ornés de bracelets d'argent ; Bensozia, qui parcourt les vallées sur une haquenée blanche, et qui habite un palais d'émeraudes, Bensozia vous a visités cette nuit. L'enfant qu'elle vous a confiée est sa fille ; faites-la baptiser, donnez-lui le lait de vos chèvres, mettez tous vos soins à la rendre heureuse, et sa présence sera pour votre maison un gage de félicité. Grâce à elle, vous verrez votre fortune s'accroître. Le soir de la Saint-Sylvestre, dans un an, et les autres années suivantes, si vous cachez dans la grotte du Rosage une bourse vide sous la septième pierre, le lendemain matin vous y trouverez dix pièces d'or. »

Quoi qu'on en dise, on ne devient pas fou de

joie, puisque Bastienne conserva quelque idée
du lieu où elle était, et ne chercha pas à sortir
par la fenêtre ; elle se contenta de joindre les
mains en poussant de bruyants éclats de rire.
Brigitte posa un doigt sur ses lèvres en indiquant de l'autre main la chambre de sa maîtresse.

— Vous oubliez, dit-elle, les chagrins de
madame, aggravés encore par la perte d'Éveline, sa sœur de lait, morte depuis quelques
heures seulement. Retournez chez vous, Bastienne ; et priez le Père Féréol de baptiser
l'enfant, comme l'on vous l'ordonne dans ce
billet.

Le Père Féréol était un vieillard dont l'ermitage était situé à une demi-lieue du lac, dans
la vallée où se trouvait la grotte du Rosage. La
mère et le père adoptifs, choisis par Bensozia,
se confondirent en actions de grâces et se retirèrent sans voir Gertrude.

Au bout d'une huitaine, la petite fille fut
baptisée et reçut le nom de sa mère. L'ermite
fit bien quelques objections sur ce nom peu catholique ; mais comme on y ajouta celui de Marie, et que l'on suspendit au cou de l'enfant
une petite pierre détachée du caillou de l'A-
raillé, cette roche sur laquelle apparut Notre-
Dame de Héas, le vieillard finit par se laisser

convaincre. La petite fille suça le lait de la
chèvre, rit et pleura, marcha seule, garda les
troupeaux, apprit à filer, atteignit seize ans,
donna plus de grâce à son jupon court, plus
d'élégance à son capulet écarlate, aima son
frère d'adoption et en fut aimée, et, pour tout
dire enfin, tourna la tête du fils de Gertrude.
Voilà l'histoire entière de cinq mille huit cent
quarante et quelques jours, histoire dont les détails seraient tout à fait inutiles.

Il n'est pas non plus nécessaire de dire que
Bensozia était jolie, on ne raconte guère les
aventures d'un laideron; d'ailleurs, l'aimable
Gaston, devenu un preux chevalier, était con-
naisseur en beauté, et lui qui avait essuyé sans
broncher la grosse artillerie des yeux de vingt
brillantes châtelaines, s'était rendu à l'innocente mousqueterie d'un regard encore amorti
par le capulet des montagnes. Oui, Bensozia
était jolie, et elle le savait sans en être fière;
simple dans ses goûts, elle préférait au blanc
panache, aux habits de velours et d'hermine
de Gaston le chevalier, l'humble béret bleu et
la cape d'étoffe commune de Bernard le pâtre.
Le jeune seigneur ne l'ignorait pas; aussi sa
voix, de plus en plus tendre lorsqu'il s'adressait à la jeune fille, devenait rude et presque
menaçante lorsqu'il parlait à son modeste rival.

Celui-ci n'était pas plus aveugle que lui, et il lui rendait colère pour colère, haine pour haine ; le soleil ne lui semblait jamais si beau que lorsqu'il éclairait le départ du fils de la veuve.

Il n'en était pas de même de Bastienne, à qui le chevalier faisait chaque jour de nouveaux présents; l'amour du jeune homme pour sa fille d'adoption réjouissait son cœur et lui paraissait la pierre angulaire d'une éblouissante fortune.

— A force de chanter sa mort prochaine. madame Gertrude finira bien par mourir, disait-elle à Gorri, et si Bensozia était à son tour la comtesse, nous irions habiter le donjon, nous deviendrions de grands seigneurs. — Le grain d'ambition comme le grain de sénevé avait grandi vite , il était devenu déjà un grand arbre.

— Notre Bernard aime Bensozia, répondait le berger.

— Et s'il pouvait épouser la fille d'un baron, insinuait la mère. Vois-tu, Gorri, l'amour ne se voit pas, ne se touche pas : c'est quelque chose comme le vent; on ne peut s'en rendre compte. L'argent, au contraire, se voit et se touche : on sait ce que c'est. Si tu allais au marché d'Argelès, par exemple, avec de l'a-

mour plein ta poche, on ne t'en donnerait pas
une fève.

— C'est vrai, disait Gorri.

— Et puis, ajoutait sa compagne, les filles
sont moins rares que les trésors ; Bernard en
trouvera toujours une.

— J'en conviens, cependant...

— Il n'y a pas de cependant ; nous devons
songer à l'avenir de Bernard et de Bensozia ;
nous devons les rendre heureux en dépit d'eux-
mêmes.

— Mais, chère femme, cette petite nous a
rapporté assez d'or pour former un bon troupeau au jeune ménage.

— Il s'agit bien de troupeaux, si l'on peut
avoir une foule de serviteurs et un donjon?...
D'ailleurs, sois bien sûr que les fées nous pu-
niraient si nous entravions les destinées glo-
rieuses de nos enfants.

— Crois-tu que madame consente à ce mariage ?

— Peut-être. Elle témoignait d'abord beaucoup d'éloignement pour Bensozia ; mais peu à
peu la jeune fille a si bien triomphé de ces pré-
ventions que la comtesse, tu le sais, a fini par
l'attirer souvent à la tour. Attendons et ne dé-
sespérons de rien.

— Fais donc comme tu l'entendras, chère

femme ; néanmoins prends garde de te tromper et de causer notre ruine à tous.

Et le faible Gorri, sans partager l'ambition de sa femme, lui laissa le champ libre. Bastienne en profita et mit tout en œuvre pour favoriser la passion du chevalier aux dépens de son propre fils.

Encouragé par elle, Gaston se décida à ouvrir son cœur à la châtelaine, et à lui demander formellement Bensozia. Lorsque cette résolution fut arrêtée entre eux, Bernard était présent, car le chevalier eût rougi de se cacher de son vassal. Le jeune montagnard était furieux, mais il ne dit rien et cacha sa tête sous son manteau brun, jusqu'à ce que le seigneur fût sorti.

Alors, sans faire aucun reproche à sa mère, il se leva lentement et prit son bâton et son béret. Ce calme inquiéta la montagnarde.

— Mon fils, dit-elle, où allez-vous ?

— Oui, vous êtes ma mère, répondit le pâtre, et c'est pour cela que je ne puis rester ici en ce moment. Je ne veux pas me plaindre de vous ; cependant le démon est en moi ; il me brûle, il me dévore. Laissez-moi, laissez-moi m'en aller !

— Tu ne sortiras pas, dit la mère avec force et en appuyant son dos à la porte fermée : ose-

rais-tu porter la main sur moi et user de violence pour m'arracher d'ici?

— Ma mère, ne m'arrêtez pas; le démon
souffle la fureur dans mes veines..... Voyez
comme je tremble, comme la sueur coule sur
mon front!... Il faut que ma rage éclate; je
suis fou !

— Tu ne sortiras pas, répéta Bastienne.

Le jeune homme plia un genou et joignit les
mains.

— Au nom de Dieu, dit-il, ayez pitié de mon
désespoir ; épargnez-moi un crime que ma vie
entière ne saurait expier... Vous êtes ma mère,
dites-moi encore que vous êtes ma mère, et
laissez-moi ouvrir cette porte.

— Tu ne sortiras pas! Tu ne sortiras pas!

Pâle, frissonnant de tous ses membres, les
yeux sanglants, les poings fermés, le malheureux s'avança vers la porte, hors de lui, écu-
mant de rage. Bastienne, effrayée du regard
menaçant qu'elle rencontra, laissa tomber son
capulet sur sa figure pour s'épargner peut-être
la vue des outrages d'un fils. Ainsi voilée
comme un fantôme, elle attendit. Bernard re-
cula, et, portant ses mains à sa tête, il la serra
convulsivement ; puis, éclairé tout à coup d'une
lumière subite, il se précipita vers le passage
qui conduisait à la chambre où sa mère avait

trouvé Bensozia, et, ouvrant et brisant de son poing l'étroite fenêtre, il s'y glissa, la tête en avant, et tomba au bord du lac.

Se relever et courir par le sentier qu'avait pris le cheval de Gaston, ne fut pas l'affaire d'une seconde. Le chevalier se rendait à l'ermitage du Père Féréol, car le bon Père était son confident et son ami, et il voulait le prévenir de sa détermination. Son rival l'eut bientôt rejoint :

— Chevalier Gaston, cria Bernard d'une voix de tonnerre, vous êtes un lâche !

A cette apostrophe, le fils de la veuve arrêta son destrier, et fixa sur le pâtre des yeux [enflammés de colère.

— Vous êtes un lâche, continua Bernard; Bensozia m'aime, et non content de la contraindre à vous épouser, vous venez défier mon désespoir dans ma propre maison !... Je vous somme de renoncer à vos prétentions tyranniques, odieuses, ou de vous préparer à jouer votre vie contre la mienne.

— Stupide et orgueilleux vassal, répliqua le chevalier en accompagnant sa réponse d'un rire sardonique, oublies-tu qui nous sommes l'un et l'autre ? J'ai pitié de toi ; autrement ton insolent défi te conduirait, dès ce soir, dans un des souterrains de la tour. Va ! au lieu d'exciter

la juste vengeance de ton maître, saisis ta hache
et songe à te défendre des loups ; pends-toi à
ta corde pour cultiver ton champ escarpé,
bourre-toi de lait caillé et d'armotos ; et, si tu
veux remplacer bien vite par une autre celle
que je t'enlève, apprends le saut basque et la
danse des baladeurs d'Argelès.

A cette raillerie si amère, Bernard saisit la
bride du cheval en poussant un cri frénétique.

— Place ! hurla Gaston.

Et d'un coup de fouet, il déchira la figure
du pâtre ; celui-ci lâcha prise, et le seigneur
lança son cheval au galop.

Bernard n'essaya pas de le suivre.

— Il ne m'a pas traité en homme, dit-il en
se tordant les mains ; eh bien, je ne serai pas
un homme pour lui, mais une bête féroce.

Et couvrant de sa longue cape son visage
ensanglanté, il revint chez lui, et considéra
longtemps sa hache.

III

LA VISITE DE LA CHATELAINE.

Gertrude, assise près de sa fenêtre aux vitraux coloriés, lisait un manuscrit précieux, lorsque son fils se présenta devant elle. Avec un embarras qui ne lui était pas ordinaire, le chevalier la pria de lui octroyer un don.

— Ai-je quelque chose qui ne soit déjà à vous? répondit la châtelaine.

— Vous souvenez-vous, ma mère, reprit Gaston, que lorsque je revins ici, il y a six ans, après un long séjour au château de Mauvésin, et un voyage à la suite du comte de Bigorre, vous n'étiez pas seule dans cette chambre? Ce même livre était ouvert sur vos genoux, et vous en expliquiez les merveilleux dessins à une jeune fille.

— Je l'avais oublié, mon fils; mais, il est vrai, j'ai voulu que Bensozia se livrât, sous ma direction, à l'étude des pieuses légendes; elle est d'ailleurs si bonne, si intelligente !

— Vous l'aimez donc bien, ma mère ?

— J'ai, du moins, promis de la protéger, répliqua la veuve d'une voix tremblante.

— Depuis, reprit le chevalier, à chaque retour, j'ai revu Bensozia au donjon. Puisque vous l'aimez, pourquoi n'habiterait-elle pas de ce côté-ci du lac ? Pourquoi ne deviendrait-elle pas votre fille ?

— Ma fille ! s'écria la comtesse en se levant précipitamment de son fauteuil, et en posant sa main sur la bouche du jeune homme : Ah! malheureuse, combien me voilà punie d'avoir sacrifié à la compassion qui m'attirait vers cet enfant, le respect dû à la mémoire de votre père !

Ces étranges paroles, l'air égaré de la comtesse, le torrent de larmes qu'elle laissa échapper en retombant sur son fauteuil, épouvantèrent le chevalier. Il ne savait à quoi attribuer une émotion aussi extraordinaire.

Quand sa mère fut assez remise pour le comprendre, il essaya de justifier son amour; mais la comtesse, à ses raisons, à ses prières, ne répondit qu'un seul mot : — Jamais.

La soumission aux ordres maternels n'était pas la vertu de Gaston.

— Et pourquoi, dit-il, ce mariage serait-il impossible? Je devine d'où vient la terreur qu'il semble vous inspirer : Bensozia appartient à une race surnaturelle, et vous redoutez de me voir épouser la fille d'une fée. Cependant, vous ne l'ignorez pas, de telles alliances ont déjà eu lieu parmi les chevaliers comme parmi les pasteurs. Le comte Raimondin n'a-t-il pas choisi Mélusine pour sa compagne, comme le berger Lousaïde, dans ces monta gnes mêmes, préféra à toute autre la gracieuse fée Ontasuna?... Si ces unions ne furent pas heureuses, c'est qu'un des maris fut indiscret et l'autre infidèle... D'ailleurs, ma mère, celle que j'aime n'a-t-elle pas été baptisée? n'est-elle pas chrétienne comme vous?

— Au nom du Ciel, dit Gertrude, ne me parlez plus de cet affreux mariage! Si je pouvais y consentir, le prêtre, au moment de le célébrer, ne trouverait que des malédictions sur ses lèvres, le voile nuptial se changerait en un linceul, et le flambeau deviendrait une torche d'incendie. Il faut partir, Gaston ; il faut vous éloigner ; l'absence vous aura bientôt guéri d'une passion funeste.

En ce moment, les obstacles aux projets de

Bastienne ne naissaient pas seulement au donjon, il s'en formait aussi dans la chaumière. Bernard avait contenu sa douleur dans un morne silence ; mais Bensozia, à force de gémir, avait convaincu Gorri que si l'amour échappait au toucher et à l'œil, et ne valait pas une fève au marché, il n'en existait pas moins. Dans cette assurance, le montagnard déclara positivement à sa femme qu'il ne sacrifierait jamais à des vues ambitieuses le bonheur de Bernard et de sa mystérieuse fille d'adoption. Vainement Bastienne crut excuser sa conduite en racontant qu'à l'âge de trois ans, Bernard avait pleuré tout un jour, et était entré en fureur parce qu'elle l'avait empêché de se jeter dans le lac où il croyait voir un poisson d'or ; vainement elle affirmait que la nouvelle fantaisie de son fils n'était pas plus sage que celle-là, et que les deux amants la remercieraient plus tard d'avoir tenu bon contre leur chagrin et leur colère, Gorri ne voulut rien entendre et s'insurgea complétement. Il jura que s'il prêtait la main à cette union, il consentait à voir sa maison détruite, ses blés et ses foins dévorés par le feu, ses arbres dépouillés de leur écorce, ses troupeaux enlevés par les ours, et, enfin, sa famille à jamais éteinte dans la tombe de son fils. Ce serment, prononcé avec exaltation et comme une sorte de défi à Bastienne, effraya cette dernière; les deux jeunes gens, au contraire, commencèrent à espérer, et prenant chacun une des mains de Gorri, ils y attachèrent leurs lèvres.

L'heure du sommeil était venue : Gorri, sa femme et son fils se retirèrent, et Bensozia resta seule dans la première pièce où elle couchait. La jeune fille s'agenouilla devant son lit, prit entre ses mains la petite pierre de l'Araillé qui pendait à son cou, et remercia Notre-Dame de Héas de la bonne résolution de celui qu'elle appelait son père. Sa prière achevée, elle cacha sous la cendre le feu du foyer, éteignit la tède, s'étendit sur son lit de feuilles, et ferma les yeux.

Trop d'émotions avaient agité Bensozia; il lui restait trop d'inquiétudes pour qu'il lui fût possible de dormir. La blessure de Bernard, surtout, occupait son esprit. Etait-ce bien réellement en tombant sur une pierre tranchante qu'il s'était déchiré le visage? Elle connaissait la violence de Gaston et la haine du jeune pâtre pour le chevalier. Elle ne savait que penser; seulement, elle avait peur, et mille scènes confuses troublaient son imagination assombrie.

Comme elle rêvait ainsi, le loquet de la porte se leva, et quelqu'un entra dans la maison.

Même aujourd'hui, l'habitation du montagnard
ne connaît guère ni clef ni serrure; qu'était-ce
donc dans ces temps reculés, où la confiance
était plus grande encore! Dans tout autre moment, la jeune fille ne se serait peut-être pas
effrayée; mais déjà tourmentée par les souvenirs de ce jour et les craintes du lendemain,
elle sentit une sueur froide couler sur son front,
et cacha sa tête sous sa couverture.

La personne qui avait choisi l'heure des
fantômes pour s'introduire sous ce toit naguère
visité par les fées, parcourut la chambre en
tâtonnant, et se heurta au lit où Bensozia n'o-
sait respirer. Un instant après, la jeune fille
l'entendit remuer les vases de terre laissés devant l'âtre, et pensant avec raison qu'il ne suffisait pas d'être aveugle pour échapper au danger, elle jeta vers le foyer un regard furtif.
Alors, à la lueur d'un tison qui venait d'être
découvert, elle aperçut une femme d'une haute
stature, penchée sur la cendre. Elle crut que
c'était la méchante Hérodiade; car l'ennemie
de saint Jean-Baptiste se retrouve souvent dans
les traditions fantastiques des Pyrénées. Bensozia se rappela avec terreur qu'un jour cette
même Hérodiade engloutit dans le lac d'Ovat
la nacelle dorée des fées d'Ancizan.

— Hélas! se dit-elle, cette horrible géanie

7

déteste ma race ; elle vient sans doute m'annoncer un malheur.

Comme elle parlait, la lède se ralluma, et, au lieu des traits durs et repoussants de la belle-sœur d'Hérode, la jeune fille reconnut la pâle et douce figure de la châtelaine. Celle-ci s'approcha du lit de Bensozia :

— Chère enfant, dit-elle, aimes-tu Gaston?

— Non ; oh ! non, madame ; dites-le à monsieur le chevalier. Je suis une pauvre paysanne, moi ; je n'aime, je n'aimerai que Bernard.

— C'est bien, reprit la veuve en déposant un baiser sur le front de Bensozia, lève-toi alors, et dis à ton père que je t'attends ici.

La châtelaine prit un escabeau et s'assit au foyer. Bensozia s'habilla à la hâte, et appela Gorri et Bastienne.

— Gorri, dit la veuve quand les deux époux entrèrent, l'un tremblant, quoique tout à fait innocent de l'amour du chevalier, l'autre calme et hautaine, bien qu'ayant provoqué et encouragé cet amour; Gorri, répéta Gertrude, vous partirez cette nuit pour le val d'Azun, et vous conduirez cette enfant chez votre cousine, dont vous m'avez souvent parlé. Voici ma bourse; des chevaux vous attendent au bord du lac; partez, et que Bensozia se résigne à une absence de quelques mois, d'une année peut-être, quand il y va de notre repos à tous.

Bastienne se mordit les lèvres et ne répondit rien. Gorri et la jeune fille dirent qu'ils étaient prêts à obéir.

— Partez, reprit la châtelaine, et le plus se-crètement possible ; il faut que Gaston ignore le lieu où vous arriverez demain. Quand il vous interrogera, Bastienne, dites-lui que votre fille s'est retirée dans un moustier du comté de Comminges, où elle veut prendre le voile.

— Je le lui dirai, répondit Bastienne.

Au bruit des voix, Bernard était accouru aussi dans la chambre : — Pourquoi perdre un moment, dit-il ? Rassemblez vos habits, Ben-sozia, et mettons-nous en route.

— Non, non, dit la veuve, vous ne devez pas les accompagner ; la haine est plus clairvoyante que l'amour ; Gaston devinerait vos traces.

— Adieu donc, adieu, murmura le monta-gnard à l'oreille de la jeune fille en l'aidant à s'envelopper du capulet rouge ! Oh ! Bensozia, ne m'oubliez point, moi qui me réjouis de vous voir partir !

Ce que Bensozia répondit importe peu à l'histoire. Les chevaux s'éloignèrent ; une bar-que ramena la comtesse au donjon, et Bas-tienne se trouva seule avec son fils.

— Ma mère, dit le jeune homme, vous le voyez, madame Gertrude condamne ce mariage.

— Je vois, répliqua Bastienne, je vois une femme dont l'orgueil se refuse à traiter en égale ma fille d'adoption ; je vois Gertrude, l'arrogante comtesse, qui tremble d'ouvrir sa porte à Bastienne, la pauvre vassale ; je vois aussi un ingrat dont je voulais assurer la fortune, et qui se réjouit en voyant humilier sa mère.

Cela dit, la bergère souffla la tède, et la chaumière rentra dans l'obscurité et le silence.

IV

LA PIERRE DE L'ARAILLÉ.

A la grande surprise de Bernard et de Bastienne, le lendemain le fils de la veuve ne sortit point de la tour; on ne le vit pas davantage les jours suivants. Enfin, on apprit qu'il était malade. Cette maladie était-elle sérieuse ou feinte pour attendrir la châtelaine? La tradition n'en dit rien, et, dans une affaire si délicate, il ne faut pas juger sans preuves.

Le chevalier souffrait ou paraissait souffrir encore de ce mal réel ou supposé, quand Bernard, à son tour, dut quitter les bords du lac. La saison des neiges passée, les bergers avaient fixé un jour pour se partager les montagnes, et ce jour était venu. Aux premières clartés d'une matinée de juin, ils se rassemblèrent donc sur un des sommets voisins du lac, et là, réunis en cercle, ils attendirent le lever du soleil. Bientôt des nuages empourprés se dessinèrent à l'horizon, et quelques jets de feu apparurent sur les cimes les plus hautes. Un globe de flamme s'éleva lentement des glaciers éternels, les monts, les vallées se couvrirent d'un réseau lumineux, les ruisseaux roulèrent de l'or, des ponts de diamants se jetèrent sur les lacs et les gaves. Alors, le plus ancien des pâtres commença la prière.

— Seigneur, dit-il, nous sommes pasteurs de brebis et nos pères l'ont été comme nous. Voici que nous retournons aux cabanes des pâturages confiés à votre garde aux neiges d'octobre, et que vous nous rendrez malgré les avalanches de l'hiver, comme vous l'avez fait tant de fois. Écartez encore les ours et les loups de nos bergeries; augmentez la force de nos chiens, donnez à notre bras plus de vigueur pour manier le bâton et la hache; veillez sur nous comme nous veillions sur nos enfants, aimez-nous comme les aiment leurs mères. A notre tour, nous jurons de vous adorer et de vous bénir; nous jurons de remettre dans sa route le voyageur qui s'égare, de lui donner place au foyer de notre hutte, de lui offrir notre manteau s'il a froid, nos aliments s'il a faim, et s'il a soif, l'eau de nos sources.

Cette invocation terminée, les pâtres se partagèrent en plusieurs tribus, dont chacune choisit un vieillard pour chef. Ensuite ils redescendirent dans les vallées, et après de tendres adieux à la famille, aux amis qu'il fallait quitter pour plusieurs mois, armés de bâtons et de haches et suivis de leurs troupeaux, par des sentiers différents, ils s'enfoncèrent dans les montagnes.

On se lasse de tout; n'obtenant rien de la châtelaine, Gaston se décida à se guérir, et sa première visite de convalescence fut pour la maison de Gorri. Quels furent l'étonnement et l'indignation du jeune homme lorsqu'il apprit du berger que Bensozia allait prendre le voile dans un monastère! Il se serait porté à quelque extrémité; nouveau Samson, il eût essayé de renverser sur lui les murailles sans un sourire de Bastienne, sourire involontaire peut-être, mais qu'il fallut bien expliquer ensuite. La montagnarde ne dit pas positivement où était Bensozia, mais elle eut l'adresse de le laisser deviner. Le chevalier la remercia, l'appela sa meilleure amie, sa mère, et accumulant les promesses les plus magnifiques, il la décida à ne rien épargner pour le servir.

A partir de ce jour, Bastienne dressa ses batteries pour triompher de l'opposition de son époux. Mort sans doute prochaine de la veuve,

persécutions probables qu'eux, gens faibles et
désarmés, auraient à essuyer de la part de
Gaston, menaces faites contre la vie de Bernard,
brillants tableaux de fortune et de puissance,
toutes ces insinuations et bien d'autres encore,
comme autant de pioches acharnées travaillaient
le pauvre Gorri, et mutilaient chaque soir, sans
qu'il s'en doutât, quelque racine de son bon sens
et de sa bonté native. Les deux plantes étaient
tenaces ; mais Adam se laissa séduire par une
femme, Salomon aussi, et le montagnard n'avait
ni la pureté de l'un ni la sagesse de l'autre. Il
finit par croire qu'il s'était trompé, et qu'en
persévérant à contrarier la passion du jeune
seigneur, il ne ferait peut-être que causer la
ruine et même la mort de son fils.

Il y avait du vrai dans les paroles de Bastienne, Ga ton n'eût pas vu froidement le
mariage de Bensozia avec le jeune pâtre. Dès
qu'il put s'absenter sans éveiller les soupçons
de sa mère, il se rendit à Azun, il vit celle qu'il
aimait, et lui déclara qu'avant trois semaines
elle serait sa femme,

— Ton père, dit-il, voit enfin quels sont tes
véritables intérêts. Ne me dis pas que tu me
préfères quelqu'un, ou malheur à celui dont tu
prononcerais le nom.

La jeune fille ne sut que répondre ; elle se

sauva, plus légère que l'izard, dans la maison de sa parente, et elle y resta trois jours sans oser sortir.

Pendant ces trois jours, ses yeux se dirigèrent plus d'une fois sur le chemin; mais elle ne vit plus le chevalier. Cependant elle aperçut, un soir, un écuyer nommé Raoul, que Gaston avait connu à Vic-de-Bigorre, et qui l'accompagnait souvent au donjon du lac.

A cette époque, on célébra une grande fête dans la vallée, et une danse antique, qui n'a lieu maintenant qu'une fois par an, au carnaval, fut exécutée par une troupe de jeunes gens. Le lieu du rendez-vous était Azun. Pas un hameau qui n'envoyât sa députation de balladeurs portant drapeaux blancs, rubans verts, rouges, jaunes, sautant, gambadant, et parcourant les villages sans jamais perdre la mesure. Chaque ménagère accourait à sa porte et remettait à l'un des danseurs des gâteaux de maïs, des œufs, du lard salé ou autres provisions qui devaient servir le lendemain à un splendide repas.

Comme Bensozia cherchait un moyen d'avertir Bernard du sort qui la menaçait (car elle ne pouvait se confier à la cousine de Bastienne), elle aperçut quelques-uns de ces montagnards qui s'avançaient à la file, et, bondissant au son du

7.

tambourin, allaient passer devant la chaumière
de sa parente. Elle reconnut celui des jeunes
gens qui menait la danse ; c'était un ami de
Bernard. Pour assister à cette fête, il avait
quitté la montagne voisine de celle où le fils de
Gorri gardait ses troupeaux. La jeune fille
remercia Dieu de cette rencontre, et ayant
obtenu de la ménagère l'autorisation de présenter l'offrande habituelle, elle sortit une boule
de beurre frais des peaux de mouton qui servent
de moule à la crème ; ensuite elle détacha secrè-
tement de son cou la petite pierre de l'Araillé,
et s'avança au devant des balladeurs.

Ceux-ci, riant et criant comme des fous, se
livraient à tous les éclats d'une gaieté des plus
bruyantes ; il ne fut pas difficile à Bensozia, en
remettant son présent à l'ami de Bernard, de lui
glisser en même temps dans l'autre main la
pierre bénite, et de lui parler sans que les autres
aperçussent la pierre ou entendissent ses paroles.

— François, dit la jeune fille, quand retour-
nez-vous aux pâturages?

— Dans quatre jours, répondit François en
faisant tournoyer son drapeau autour de sa tête,
et sans perdre le pas.

— Alors, reprit Bensozia, remettez ceci en
mon nom à Bernard, et dites-lui: voici un morceau de la pierre de Notre-Dame-de-Héas; le

cœur qui ne l'a pas ou qui ne l'a plus est abandonné, et ne trouve de protection nulle part.

— Donnez, donnez, dit le berger, toujours dansant. Et avec de nouvelles gambades, les balladeurs continuèrent leur route.

François tint parole, et Bernard, en recevant la petite pierre, qu'il reconnut bien pour être la même que Bensozia portait à son cou, comprit que *celle qui ne l'avait plus* était en butte à de nouvelles persécutions. Il confia son troupeau à un autre pâtre, et, à travers les montagnes et les vallées, il accourut au val d'Azun.

Bensozia n'y était plus. La ménagère refusa de donner des explications sur le départ de la jeune fille, mais un des enfants, habilement stimulé par Bernard, fut plus communicatif.

— Bensozia, dit l'enfant, est partie ce matin avec Gorri. Elle a beaucoup pleuré avant de se mettre en route, et je l'ai entendue répéter plusieurs fois : Mon père, mon père, donnez-moi plutôt à Bernard. — Si tu ne veux pas être la femme du seigneur Gaston, répondait Gorri, tu causeras la mort de mon fils, car le chevalier a juré sur sa dague qu'il le tuerait. — Alors c'est moi qui dois mourir, a dit Bensozia ; oui, mon père, demain je serai mariée, et le jour suivant je serai morte. — Non, non, tu vivras, et tu vivras heureuse, répondit Gorri ; Ber-

nard aussi sera heureux plus tard ; ce n'est
qu'un moment pénible, rien qu'un moment
pénible.

Bernard ne voulut pas en entendre davantage ; toujours armé de la hache que les bergers
de ces montagnes portent habituellement pour
se défendre des bêtes féroces, il bondit comme
un ours blessé, et s'élança dans le sentier qui
devait le ramener au lac ; la route était plus
facile à parcourir à pied qu'à cheval, mais Gorri
et Bensozia avaient sur Bernard une demi-
journée d'avance, et le pauvre garçon craignait
bien d'arriver trop tard.

— Au moins je me vengerai ! disait-il en
brandissant son arme tranchante ; oui, je me
vengerai !

Le lendemain soir, Bastienne était seule à la
chaumière, et faisait encore de grands préparatifs dans la petite chambre où Bensozia avait été
déposée. Cette fois, elle n'attendait pas les fées
pyrénéennes, mais deux nouveaux époux dont
cet humble réduit devait être la chambre nuptiale.

— Enfin, disait la montagnarde, tout s'ar-
range au gré de mes vœux ! il m'a bien promis
d'aimer Bernard comme un frère, et de nous
établir dans le donjon dès que la comtesse sera
morte et qu'il pourra déclarer son mariage.

Que le père Féréol a été bon de se laisser attendrir ou plutôt épouvanter! Bensozia est cha-
grine aujourd'hui, pauvre folle! et avant un
an peut-être elle sera châtelaine, la santé de
madame ne pouvant pas la mener bien loin.
Et Bernard, que sera-t-il? Quel autre porterait
mieux que lui l'armure et le casque?... Il est
plus beau que ce Gaston... O mon fils! mon
cher fils!...

Tout en parlant elle s'était rapprochée de la
porte, et arrêtant les yeux sur le donjon :

— Dieu, dit-elle, une lumière!... Si c'était
Gertrude!... Où va ce flambeau? Il prend le
chemin de l'ermitage... Nous sommes perdus.
Mais non, derrière la montagne est un autel
couvert de chaume où la comtesse va prier souvent. La lumière s'arrêtera à cet autel. Cependant je suis inquiète, je voudrais les voir revenir. Ah! j'ai tort de m'effrayer! Il n'y a rien
à craindre..... Demain Bensozia retournera à
Azun.

Toutefois Bastienne ne pouvait détacher son
regard du côté où elle avait aperçu la lumière.
Elle resta plus d'un quart d'heure, le corps
penché en avant, dans une attente silencieuse.

Un voix qui la fit frissonner la tira de sa rêverie :

— Ma mère, où est Bensozia?

— Elle est... elle est à veiller la comtesse, malade depuis plusieurs jours.

— Et mon père?

— Ton père?... il est.... — La montagnarde cherchait un nouveau mensonge ; mais tout à coup, honteuse de sa faiblesse, et reprenant sa fierté habituelle, elle dit en fixant sur son fils un regard assuré : Ton père est à l'ermitage, où il a marié Bensozia. Bensozia est maintenant la fille de cette dédaigneuse châtelaine, et tu peux aspirer aussi à une glorieuse union.

— J'aspire à la vengeance! s'écria le jeune homme avec un rugissement pareil à celui des animaux qu'il avait tant de fois combattus, et s'arrachant à sa mère, qui cherchait à le retenir, il disparut dans l'obscurité.

Bastienne éleva ses deux bras vers le ciel, et répondit à son fils par un cri terrible : elle s'élança après lui, et, oubliant le secret qu'elle voulait garder, elle remplit le val du Rosage du nom mille fois répété de Bernard.

Cependant, la lumière sortie du donjon ne s'arrêta pas au détour de la montagne ; la personne qui la portait, tantôt courant, tantôt marchant à grands pas, traversa le pont étroit jeté sur un abîme de deux cents pieds de profondeur devant la grotte du Rosage, et arriva

haletante à la porte de l'ermite. Le vieux prêtre
commençait la cérémonie nuptiale. Il est encore temps, dit la châtelaine ; et, se glissant
doucement dans la chapelle, non sans être vue,
toutefois, de Gorri et de Raoul, l'écuyer, elle
appuya sa main sur l'épaule de Gaston. Celui-
ci se retourna et reconnut sa mère, mais sa
mère pâle, défaite, ressemblant à un spectre
échappé de sa fosse pour confondre un meur-
trier.

— Suis-moi, murmura-t-elle d'une voix
sourde en montrant du doigt la porte de la cellule de l'ermite ; et vous aussi, mon père, écou-
tez-moi un moment.

Le vieillard et le jeune homme obéirent à
son geste impérieux, et ils entrèrent ensemble
dans la cellule, dont la porte se referma aussitôt.

Quelles furent les confidences de la châtelaine? Gaston, l'ermite et Dieu seuls les ont
entendues. C'est à peine si le nom d'Éveline,
plusieurs fois répété, arriva jusqu'à l'oreille inquiète de Gorri et de Bensozia. Il fallait que le
récit de la comtesse lui rappelât de bien lamentables souvenirs puisqu'elle ne put l'achever,
et qu'elle tomba privée de sentiment sur la
froide pierre de la cellule. Gaston se précipita
dans la chapelle.

— Bensozia, s'écria-t-il, venez, venez au secours de ma mère!

Et comme la jeune fille interdite le regardait
avec stupeur :

— Ne me craignez plus, dit-il en détour-
nant les yeux, je pars, et vous ne me reverrez
jamais!

Et il allait sortir.

—Laissez-moi vous suivre, dit l'écuyer, vous
ne pouvez partir sans moi.

— Non, répondit le chevalier en avançant
les mains, comme pour repousser Raoul; j'ai
besoin d'être seul.

Et il s'éloigna du côté opposé au lac.

Quand la comtesse revint à elle, elle accabla
de reproches Gorri, Raoul et Bensozia. Ceux-ci
voulurent la ramener au donjon, mais elle s'y
refusa et demanda sa fidèle Brigitte. Les deux
montagnards et l'écuyer sortirent de l'ermitage; les premiers pour retourner à la chaumière, le dernier pour courir au donjon et envoyer à Gertrude sa confidente.

Des cris s'élevaient au loin.

— Écoutez, dit Gorri, n'est-ce pas la voix de
Bastienne?

— Silence, dit Bensozia en arrêtant l'é-
cuyer.

— Oui, silence! répéta un homme apparaissant tout à coup devant eux; et avant qu'il eût pu songer à se défendre, Raoul tomba mort sur le seuil même de la chapelle, la tête fendue d'un coup de hache. Il avait été pris pour Gaston.

V

Un mois après l'événement tragique que nous venons de raconter, deux femmes, l'une, grande, forte, portant de quarante à cinquante ans ; l'autre, d'une taille élégante et beaucoup plus jeune, entraient ensemble dans un cachot où un prisonnier était assis. Toutes deux portaient le capulet et l'habit des montagnes.

— Bensozia, dit le prisonnier, enfin, on m'a permis de te voir.

La jeune fille courut à Bernard, saisit ses deux mains et les couvrit de larmes ; l'autre femme s'arrêta près de la porte, la figure presque entièrement cachée dans sa longue mante. Le prisonnier ne lui dit rien.

— Hélas ! dit le berger, sans la pierre bénite qui vient de toi et devant laquelle je fais ma prière, je serais déjà mort de douleur. O Bensozia! j'ai tué un homme dont je n'étais pas l'ennemi, je l'ai tué lâchement; je suis un assassin! Moi, un assassin!... Comment n'as-tu pas reculé à la pensée d'entrer dans ce cachot? Comment peux-tu presser ma main dans les tiennes?

— Écarte cet horrible souvenir, répondit Bensozia; tu avais perdu la raison. La colère, le désespoir...

Elle n'osa achever. L'autre femme poussa un profond gémissement, mais Bernard ne parut pas l'entendre.

La coupable et malheureuse mère s'avança cependant d'un pas inégal jusqu'au grabat où son fils était enchaîné; elle ouvrit son capulet', et, sans prononcer une parole, elle plaça devant le prisonnier des gâteaux de maïs et d'autres provisions, puis elle passa derrière Bernard et croisa ses mains sur sa poitrine.

Les deux jeunes gens continuèrent à gémir ensemble. Bensozia eût bien voulu supplier Bernard d'adresser au moins à Bastienne un mot de pardon; mais, en présence de celle-ci, comment parler? Enfin, le montagnard la comprit ou céda naturellement à un sentiment filial; il prit le bord du capulet de sa mère et le porta à ses lèvres.

— Mon fils, dit Bastienne d'une voix étouffée, mon pauvre enfant.

Et jetant ses bras autour du cou de Bernard, elle laissa éclater ses sanglots.

— Je suis allée m'offrir pour toi, dit-elle, et ils m'ont repoussée, et ils n'ont pas voulu comprendre que c'est moi qui ai commis ce meurtre. Ah! voilà donc la fortune de mon enfant, cette fortune préparée par tant de ruses!... Périsse ce donjon qui me tenta! Périssent ce chevalier maudit et cette châtelaine maudite!

— Au nom du ciel, ma mère, ne maudissez personne, et n'appelez point sur d'autres les malheurs que vous avez seule causés. Il me reste un jour pour me préparer à la mort; ne l'empoisonnez pas par des imprécations.

— Un jour! balbutièrent à la fois les deux femmes; seulement un jour!

— Et quel supplice! s'écria Bernard; oh! dès que vous aurez franchi cette porte, tout Vic-de-Bigorre vous le dira.

— Je veux l'apprendre de toi seul, dit Bastienne.

— Eh bien! reprit Bernard, un des comtes de Bigorre, voulant prouver à la cité de Vic combien il la considérait, lui accorda un horrible privilége : Celui qui tue un des habitants

de cette ville, est enterré vivant sous le cadavre [1].

Bensozia se laissa tomber aux genoux de Bernard; la mère se frappa le front contre la muraille.

— Et je vivrai, dit-elle, pour voir cette effroyable exécution !... Et les mains qui touche-
ront à mon fils ne se dessécheront pas brûlées
par la flamme! Non, si quelqu'un descend
dans cette fosse, ce sera moi. Prends mes habits, enveloppe-toi dans mon capulet... Tu es
jeune, tu es innocent, et tu dois vivre... Moi,
j'ai perdu mon enfant; je ne suis déjà plus
qu'une morte, et je défie les hommes d'ajouter
à mes tourments.

— Vous oubliez qu'il me faudrait non-seu-
lement sortir d'ici, mais encore traverser toute
la ville, dit Bernard; on m'aurait bien vite
reconnu.

— Sais-tu au moins combien je t'aimais? dit
Bastienne, dont l'esprit en désordre passait
d'une idée à l'autre et ne s'arrêtait sur rien; je
voulais te voir riche, honoré, le premier des
hommes. Depuis le jour où ta naissance faillit
me coûter la vie, il me semble que mon cœur
bat dans ta poitrine, tant mes désirs, mes pro-

[1] Ce privilége fut accordé aux habitants de Vic par le comte
Bozon-Mathas et la comtesse Pétronille, sa femme, en 1288.

jets, mes rêves ont été pleins de toi. N'ai-je
pas chanté sur ton berceau, adoucissant ma
voix pour qu'elle te fût plus agréable? Ne t'ai-
je pas balancé sur mon sein, nourri de mon
lait, saturé de mes caresses? Pour t'assurer un
brillant avenir, je me serais précipitée, s'il
l'eût fallu, dans l'abîme du Rosage; bien plus,
je me serais arrachée de mon foyer, contrai-
gnant mon orgueil à mendier de porte en porte.
Quand tu revenais des montagnes, et que j'a-
vais servi le repas et préparé ton lit, j'éprouvais, à te voir manger, à te voir dormir, une
joie délicieuse qu'un père ne comprendra jamais. Un père!... En ce moment, le tien n'est-
il pas occupé de ses troupeaux dans les pâturages? Qu'avons-nous besoin de troupeaux,
maintenant?

— C'est assez, ma mère, dit le prisonnier,
vous ne pouvez rien changer à mon sort; il faut
retourner au lac.

— Je ne partirai pas, répliqua Bastienne, et
un éclair d'espérance brilla dans ses yeux. Tu
sortiras vivant de cette fosse où les barbares
veulent te descendre avec un mort... Oui, tu
en sortiras, n'eussé-je que mes ongles pour t'en
arracher.

La montagnarde s'expliqua, et cette fois elle
obtint le consentement de Bernard. La cruelle

exécution devait avoir lieu le lendemain, une heure avant la chute du jour, dans un endroit écarté, où l'on enterrait les malfaiteurs et ceux qui mouraient sans confession. Bastienne espérait gagner les gardiens de la fosse en leur donnant tout son trésor, et, dès que l'obscurité serait complète et la foule écoulée, elle se proposait d'accourir au cimetière avec deux hommes dévoués et d'enlever son fils, sans doute encore vivant, car diverses précautions devaient être prises :

— Nous ne reverrons plus notre foyer, disait la malheureuse femme; nous fuirons en Espagne : le pays est partout où l'enfant et la mère sont ensemble.

Mais passer une heure, et peut-être deux, sous la terre, en compagnie d'un cadavre! A cette pensée, Bernard frissonnait d'horreur, et ses dents claquaient dans sa bouche.

VI

L'ENLÈVEMENT DU SUPPLICIÉ.

Le lendemain, à l'heure fixée pour l'exécution, la foule était rassemblée au cimetière maudit. Bastienne avait réussi dans son projet de séduction, et ne voulant rien perdre de l'affreux spectacle, elle y avait entraîné de force la tremblante Bensozia. Assises dans un coin d'où elles pouvaient tout voir, elles entendaient les rires et les plaisanteries de ceux que l'on croyait effrayer, et elles pouvaient juger aussi, par des murmures improbateurs, de l'impatience d'une multitude qui craint toujours qu'on accorde au condamné un instant de trop. Bastienne eût voulu renverser les montagnes sur ces hommes, ces femmes et ces enfants si avides de la mort de son fils ; ce n'était plus du sang qui coulait dans ses veines, mais du fiel et du feu. Enfin, des clameurs joyeuses et une expression de satisfaction sur tous les visages, annoncèrent le criminel. Un franciscain l'accompagnait ; on portait devant lui un corps enveloppé dans un linceul. Le patient semblait écouter les exhortations du moine qui, de temps en temps, lui présentait le crucifix. Il était extrêmement pâle et chancelait en marchant. Bastienne étendit les bras et ne put retenir un cri lorsqu'il passa à ses pieds.

Bernard ne l'entendit pas, et la foule était trop occupée de lui pour la remarquer. Il serait cruel d'entrer dans les détails de ce qui suivit. Le mort et le vivant descendirent dans la fosse et la terre retomba sur eux. Une sorte de râle s'échappait de la poitrine de Bastienne ; Bensozia avait perdu connaissance; elle était tombée sans mouvement auprès de la mère de Bernard, et celle-ci ne s'en apercevait pas. Vainement d'autres femmes relevèrent la jeune fille et demandèrent à sa compagne de leur venir en aide; vainement ces femmes, la croyant idiote, emportèrent devant elle la pauvre évanouie, Bastienne ne vit rien, ne comprit rien: sa raison était dans la tombe de son fils.

Les spectateurs, plus ou moins satisfaits, se dispersèrent en différents groupes et s'éloignèrent en grand nombre. A part une douzaine de personnes et les deux gardiens, toute la foule avait disparu. Un voile d'obscurité s'étendait sur les tombes sans croix ; c'était la nuit ; l'heure de la délivrance approchait, et Bastienne revint à elle. D'abord elle chercha à ses côtés la douce Bensozia, et ne la vit plus. Cependant elle était trop occupée de son fils, pour s'arrêter à la disparition de la jeune fille.

— Que font là ces hommes? dit-elle; en est-il un parmi eux qui vaille seulement un cheveu de mon enfant?... Les misérables parlent de lui, sans doute; ils l'appellent criminel ; ils se réjouissent sur sa fosse... Oh ! ne puis-je les chasser de mon souffle comme cette paille légère!... Les gardiens m'ont-ils trahie? Ces bourreaux devinent-ils que chacune des exécrables paroles qu'ils échangent ici prolonge l'agonie de mon fils? Quoi! je n'entendrai pas les rugissements des loups affamés dans les rues de cette odieuse ville? Je ne verrai pas les routiers y accourir, de toutes parts, pour la saccager et la détruire de fond en comble? Aucune calamité soudaine n'arrachera ces monstres de devant mes yeux?

Les deux hommes qui devaient être complices de l'enlèvement étaient dans le cimetière; mais les derniers curieux, grands philosophes et profonds moralistes, sans doute, ne pouvaient se résoudre à terminer leur débat et à quitter le lieu de l'exécution. Deux heures entières s'étaient écoulées, Bastienne ne tenait plus en place ; elle parcourait le cimetière dans tous les sens, foulait les tombes d'un pied irrité, frappait les arbres qui se trouvaient sur son passage, s'arrachait les cheveux et se déchirait les mains. Vingt fois elle fut tentée de s'élancer sur ces bourreaux sans le savoir, et de les accuser du meurtre de son enfant, vingt fois un torrent de malédictions faillit s'échapper de sa bouche pour se répandre comme un orage sur leurs têtes épouvantées. Elle se contint pourtant ; c'était la seule chance de salut. Trois, quatre causeurs quittèrent le groupe. Bastienne s'arrêta. Deux autres suivirent, elle se rapprocha de la fosse. Les derniers s'éloignèrent. Oh ! vite, vite, la bêche, la pelle du fossoyeur ! enlevez cette terre, hâtez-vous, qui sait s'il est encore temps !

— Bernard, disait la mère agenouillée près de la tombe ; Bernard, m'entends-tu ?

Personne ne répondait. Un corps est découvert ; ce n'est pas lui... plus vite donc, plus vite ! Le voici maintenant.

— Bernard, m'entends-tu ?...

Et Bernard se tait. Les deux hommes emportent le fils de Bastienne enveloppé aussi dans un linceul, la mère aide à le soutenir, ils sortent du cimetière, ils prennent des chemins détournés, les voilà en pleine campagne, dans la solitude.

— Mon enfant, mon cher fils, dit Bastienne, à présent je puis te voir, je puis t'embrasser; Bernard, Bernard, m'entends-tu?...

Et le linceul retombe, et Bernard reste muet. Les porteurs interdits le posent sur le gazon.

— Ne me dites pas qu'il est mort! s'écria la mère, et courant au gave, elle remplit ses mains de l'eau du torrent et inonde le visage de son fils. Non, non, il n'est pas mort, reprend-elle; sa main est chaude, et tout à l'heure il a fait un mouvement pour m'attirer vers lui. Ne sentez-vous pas son haleine? Ne la sentez-vous pas? Les malheureux, ils ne me disent pas qu'ils la sentent! ils ne me jurent pas qu'il est vivant! Ah! ils n'ont pas de fils!...

Un bruit léger se fit entendre; les fugitifs, croyant qu'on les poursuivait, reprirent leur fardeau et continuèrent leur marche ou plutôt leur course. Bastienne soutenait la tête du jeune homme; à chaque halte des porteurs elle passait ses doigts dans les cheveux de son fils, et couvrait son front de baisers. La nuit se passa ainsi, nuit d'épouvante et d'incertitude pour la malheureuse, que les pâtres n'osaient instruire de ce qu'ils connaissaient trop bien. Hélas! aux premières lueurs du jour, le doute ne fut plus possible, même à une mère. Les traits livides de Bernard, ses yeux éteints, son corps entièrement froid, tout se réunit pour enlever le dernier, le plus faible espoir. Bastienne s'assit sur les marches d'un calvaire élevé entre deux rochers, et posant la tête de son fils sur ses genoux, elle l'enveloppa de son capulet blanc et se mit à pleurer.

Ses compagnons essayèrent de calmer sa douleur, mais séchant aussitôt ses larmes, elle leur ordonna du ton impérieux qui lui était si familier de creuser une fosse, et de la laisser ensuite. A l'aide de la pelle qui leur avait déjà servi dans le cimetière, les pâtres eurent bientôt exécuté la première partie de cet ordre, et quant à la seconde, elle répondait trop à leurs propres désirs, eux qui craignaient les suites de cet enlèvement, pour qu'ils cherchassent à l'éluder. Bastienne resta seule au pied de la croix.

Alors elle recommença à sangloter amèrement, couvrant et découvrant tour-à-tour le visage du mort.

— Le voilà comme il y a vingt ans, disait-elle, la tête sur les genoux de sa mère, et sommeillant.

Et ramenée par l'idée de la mort aux souvenirs du berceau, ces deux points extrêmes du cercle, qui se touchent en se refermant, elle caressait doucement le front et les yeux de Bernard, laissait retomber encore le voile, et se balançait un instant en murmurant une chanson de nourrice.

Elle laissa s'écouler la journée entière avant de se décider à se séparer de son fils : elle le savait mort, elle n'espérait rien, et pourtant elle attendait. — Dieu ! si ces yeux avaient pu lui adresser un regard ! cette bouche une parole !... Plusieurs fois il lui sembla qu'un miracle allait se faire en sa faveur. Pauvre pécheresse, elle se plaignit à Dieu de ce que ce miracle ne se fît pas. Si un rayon de soleil tombait sur le linceul de Bernard, si un oiseau se faisait entendre, si un insecte bourdonnait gaîment sur les fleurs, elle croyait y voir une ironie de la nature, et ses doigts se serraient convulsivement, et elle passait du désespoir à la fureur. Le soir, elle prit son fils entre ses bras, et le levant debout, elle admira encore une fois sa taille imposante ; une fois encore elle lui fit une couronne de baisers, l'arrosa de ses larmes, puis elle l'assit de nouveau, et le fit glisser peu à peu dans la fosse ouverte.

En rejetant la terre sur le cadavre de son fils,

Bastienne voulut entonner un hymne funèbre; mais sa voix ne fit entendre qu'un cri rauque et étrange, qui s'éteignit dans un long soupir. Lorsqu'elle eut comblé la fosse, elle arrêta les yeux sur un églantier couvert de roses sauvages et mutilé devant elle, le matin même, par la chute d'une pierre énorme.

—C'est l'image de mon enfant, dit-elle; lui aussi a été frappé dans sa beauté.

Et à l'aide d'un caillou tranchant elle déracina l'arbuste et le transplanta à la place où s'était cachée la tête de Bernard. Ensuite elle s'approcha du fragment de rocher tombé de la montagne, et le poussant, et le roulant avec des efforts inouïs à l'autre extrémité de la tombe :

— Voici la ruine et la destruction, poursuivit-elle ; cette pierre me représentera aux pieds de mon fils.

Le jour suivant la retrouva assise sur cette pierre. Cependant elle n'avait pas pris de nourriture depuis plusieurs jours, et elle se sentait défaillir.

— Il n'est pas l'heure de mourir, dit-elle; ces mains ont encore une œuvre à accomplir avant de se glacer à jamais.

Et comme emportée par une idée subite, sans coller sa bouche à la terre, sans dire un dernier adieu à celui qu'elle y laissait, la malheureuse mère se leva et s'enfuit.

Elle s'arrêta à la porte de la première cabane qu'elle rencontra et dit : « J'ai faim! » — On voulut la faire entrer; elle fit un signe négatif et se tint debout sur le seuil. Un enfant lui apporta de la bouillie de maïs.

—Des armotos, murmura-t-elle, je ne lui en servirai plus à présent!

Elle mangea et poursuivit sa route.

Vers la fin de ce jour, elle franchit le Gave derrière la chaumière des bords du lac, et continuant à se parler elle-même :

— A quoi m'ont servi mes hommages aux fées des montagnes, mes fleurs jetées chaque matin dans le torrent, mes gouttes d'huile répandues chaque soir au foyer?... Et j'ai pu croire pendant seize années que le Bonheur habitait ici! Mensonge! affreux mensonge!

Et elle ramassa plusieurs cailloux, elle arracha des poignées d'orties et les lança dans le Gave en injuriant les fées qu'elle avait invoquées et bénies tant de fois.

Il est dans notre nature d'accuser toujours autrui de nos fautes et de nos malheurs. Si Bastienne l'eût voulu, Bensozia eût été certainement un gage de félicité dans sa famille; mais la montagnarde, déchirée de remords et forcée

intérieurement à se reconnaître coupable, ne
s'en prenait pas moins à tout ce qu'elle avait
connu, à tout ce qu'elle rencontrait de la mort
de son fils unique. Ainsi, avant d'ouvrir sa
porte, elle menaça le donjon de sa main fermée et agitée par la colère; ainsi, en re-
voyant les murs de sa propre maison, elle n'eut
pour eux que des regards de haine et de sinistres
projets.

Elle prit un flambeau de sapin et l'alluma.

— Encore un instant, dit-elle, éclaire le vide
qui m'environne, et puis, éteins-toi, et que ce
soit à jamais.

Et quand la tède qu'elle tenait à la main en
parcourant sa maison projeta sa clarté sur le lit
de Bernard :

— Oui, continua-t-elle, je commencerai par-
là... A qui servirait-il aujourd'hui?... O mon
fils! mon fils!

Elle approcha le flambeau de la paille sèche;
un tourbillon de flamme remplit la chambre.

Bastienne sortit lentement et entra dans une
autre pièce où elle mit également le feu. Bientôt un nuage d'épaisse fumée, percé par des
clartés lugubres, enveloppa la chaumière.

Tenant toujours à la main la torche incen-
diaire, Bastienne s'éloigna des bords du lac et
prit le chemin de l'ermitage. Avait-elle formé

8.

le projet de brûler aussi la chapelle? Personne
ne l'a cru; il est plus probable qu'elle voulait
seulement livrer aux flammes les arbres et les
buissons voisins de la grotte où elle recueillit
longtemps les présents des fées à Bensozia. Quoi
qu'il en soit, elle était arrivée au pont étroit et
dangereux jeté devant cette grotte, sur un effrayant abîme, lorsqu'elle se trouva face à face
avec une autre femme, une autre mère, la
comtesse Gertrude. Celle-ci frémit, bien que si
l'une d'elles avait à se plaindre de l'autre, ce
n'était pas la montagnarde. Bastienne, envelop-
pée dans son capulet blanc comme dans un
linceul et portant la tède allumée, la châtelaine
couverte de voiles de deuil, et reculant malgré
elle, toutes deux aux extrémités opposées de ce
pont, élevé de deux cents pieds au-dessus du
Gave, eussent fourni à un peintre le sujet d'un
bizarre et poétique tableau.

— Peut-elle me vouloir du mal? se dit Gertrude; oh! non! l'infortunée accomplit quelque
vœu en expiation de ses fautes; elle prie pour
l'âme de son fils.

Et la comtesse s'avança sur le pont. Si elle
eût deviné la frénésie de la mère de Bernard,
elle eût fui comme devant une louve privée de
ses louveteaux.

— Où est ton fils? hurla Bastienne, quand

Gertrude fut trop rapprochée d'elle pour lui échapper.

— Je l'ignore, répondit la châtelaine ; je ne le reverrai peut-être plus, et pourtant je ne vous fais aucun reproche, car je connais l'amertume de vos chagrins.

— Ton fils est vivant ? il est vivant, n'est-ce pas ?

— Je l'espère, mais sa vie est triste, désolée... Moi aussi, par défaut de prudence, j'ai causé le malheur de mon enfant.

— Il est vivant, reprit la mère de Bernard en agitant son flambeau, comme les poëtes ont représenté les furies ; il est vivant, et mon fils a été enterré sous un cadavre, et je l'ai tenu mort sur mes genoux. Sais-tu, femme orgueilleuse, que ma vie rayonnait comme la tède avant que ton fils entrât dans ma maison ? Sais-tu qu'il a pris mon existence et l'a foulée sous ses pieds comme je foule cette flamme sous les miens ?... Vois maintenant cette torche, tout à l'heure si brillante, elle est éteinte, elle est morte, et moi aussi je suis éteinte, je suis morte depuis que mon fils n'est plus.

La montagnarde appuya sa tête dans ses mains, et deux ruisseaux de larmes s'échappèrent entre ses doigts.

La veuve crut pouvoir profiter de ce moment

pour traverser le pont, et, se hâtant sur ces troncs d'arbres mal joints, où deux personnes pouvaient difficilement passer de front, elle toucha légèrement le bras de Bastienne. Ce fut le signal d'une lutte horrible. La mère de Bernard, saisissant la comtesse, chercha à la précipiter dans l'abîme ; la châtelaine, à son tour, n'ayant que ce moyen de sauver sa vie, réunit toutes ses forces pour renverser le corps de son ennemie au-dessus du torrent. Elles se traînaient l'une l'autre des deux côtés du pont, Gertrude appelant à son secours, Bastienne vociférant et poussant les éclats de rire de la démence. Enfin le combat finit comme il pouvait finir sur un pareil champ de bataille : les deux femmes, les bras enlacés, poitrine contre poitrine, tombèrent ensemble dans le Gave, qui les entraîna mortes et mutilées.

Que devinrent les autres personnages de cette sombre histoire ? — Gaston vécut longtemps, mais ne revint jamais au donjon du lac ; Gorri non plus ne revint pas aux ruines de sa maison ; il se fixa dans le val d'Azun, et y mourut quelques années plus tard. Quant à Bensozia, sa destinée est restée inconnue ; on sait seulement qu'elle s'échappa de la demeure des femmes qui l'avaient emportée évanouie. Se retira-t-elle dans un moustier ? Les fées qui l'avaient

déposée dans la maison de Gorri l'ont-elles conduite en des lieux cachés où les passions et les
misères humaines ne pénètrent pas? Ces deux
suppositions ont été faites sans qu'aucune d'elles
ait prévalu.

Ce qui est certain, c'est que le donjon, mal
défendu, fut pillé par les routiers et abandonné
ensuite ; c'est que, la nuit, quand le temps est
orageux, deux femmes apparaissent ensemble
sur le haut de la tour : l'une d'elles portant la
robe noire de Gertrude, l'autre le capulet blanc
de Bastienne. Se tenant étroitement embrassées,
elles luttent et cherchent à se précipiter dans
le lac. Le pâtre qui les aperçoit n'ose plus ouvrir sa porte aux fées des montagnes la nuit de
la Saint-Sylvestre : — Ah! dit-il en s'éloignant
d'un pas rapide, il est plus facile encore de
trouver le Bonheur que d'en profiter sagement
et de savoir le conserver.

LE

ROMAN DANS LE MARIAGE.

ROMAN DANS LE MARIAGE.

I

A l'animation qui régnait dans l'enclos du *Sacré-Cœur*, à Nantes, à l'air affairé des pensionnaires, à leurs allées et venues, à leurs chuchotements, on voyait qu'un fait d'une haute importance était au moment de s'accomplir. Il n'y a pas de petits événements pour les enfants ou les femmes vivant à l'écart des agitations du monde; et quoi de plus sérieux qu'un départ, quand celle qui va s'éloigner est l'aigle de sa classe, l'invariable premier prix d'histoire, de géographie, de langues étrangères et de narrations?

— Mesdemoiselles, disait une des plus jeunes élèves de la sainte maison, tenez pour certain qu'avant un mois on entendra parler d'Élodie. Elle a fait des vers, savez-vous? des vers qu'elle lisait l'autre jour à Clémence Gérard et que j'aurais bien voulu écouter... Mais non, on se défie de moi ; il a fallu m'éloigner, et je n'ai compris qu'un mot : « Clair de lune! »

— Ce devait être bien beau, reprit une autre pensionnaire, et je crois aussi qu'avant peu Élodie fera beaucoup d'honneur à notre couvent. Clémence en sait long sur ses compositions littéraires ; Clémence est la confidente, aussi voyez comme, pour se rapprocher d'elle, on quitte à la hâte Émérencienne et Sophie.

Émérencienne et Sophie venaient d'offrir chacune à leur compagne un petit sachet brodé dont les dessins ingénieux, à grand renfort de myosotis et d'autres fleurs symboliques, promettaient résolument à l'amie absente un souvenir éternel. Une telle attention avait sa valeur ; aussi, dès que celle qui en était l'objet se fut un peu écartée avec Clémence, l'une des deux brodeuses respira-t-elle longuement, et comme délivrée d'un grand poids.

— Enfin, dit-elle, nous pourrons prétendre maintenant à quelque succès. Impossible de lutter avec Élodie, moins peut-être à cause de sa supériorité réelle, que par les préférences aveugles qui la placent toujours au premier rang.

Voilà sept ans que cela dure, et, je te l'avoue, ma bonne Sophie, dès la seconde année, j'en ai souffert horriblement. J'ai le sentiment de ma dignité, moi, et quand je me suis vue sacrifiée, en 1846, lors de cette fameuse composition sur l'éruption du Vésuve, une pensée mauvaise, une idée folle...

La jeune fille hésitait :

— Comment ?... demanda Sophie.

— Ah! si ces dames m'entendaient!... continua Émérencienne; et baissant la voix, elle confessa qu'à l'âge de dix ans, dans le but coupable d'en finir avec la vie, elle avait mangé chaque matin, pendant huit jours, un nombre prodigieux d'échalotes.

Élodie ne se doutait guère de cette tentative de suicide, heureusement peu dangereuse, et tandis qu'Émérencienne en rappelait l'histoire, elle montrait avec émotion à son amie préférée le sachet menteur que venait de lui remettre l'envieuse. Ce présent était, du reste, en fort bonne compagnie, au milieu des pelotes à épingles, des bourses, des médailles, des images à surprise que, depuis une heure, toutes les pensionnaires et la plupart des religieuses apportaient à profusion. Clémence Gérard jouissait de ces démonstrations affectueuses.

— Chère Élodie, disait-elle, tu seras aimée là-

bas comme tu l'es ici. Encore un an, peut-être
six mois, et un heureux mariage...

Élodie secoua la tête :

— Pas si tôt, ma bonne Clémence ! Je sais bien
que les dernières volontés de mon père me pres-
crivent de ne pas trop tarder à me marier après
ma sortie du couvent ; mais l'éloignement de
mes parents pour le caractère de ma tante ne
me fait pas une obligation de prendre le premier spéculateur que tenterait une fortune d'un
million et demi. Il faut des circonstances excep-
tionnelles pour me décider. Je veux être aimée
pour moi seule. Rien ne me rendrait un mari
odieux comme tous ces préliminaires sur des
affaires d'argent ou ce qu'on nomme les con-
venances sociales. Tiens, ma chérie, je serais
désolée de t'affliger, et pourtant il faut bien
convenir que ton sort m'inspire une véritable
compassion. Tu n'as pas encore seize ans, et
déjà, depuis plusieurs années, ta mère a décidé
ton mariage avec le fils d'un de ses voisins. Je
n'ai jamais vu M. Frédéric Simon, ton futur
seigneur ; seulement je sais qu'il n'ignore rien
de ce que possède ta famille ; qu'à l'aide de
son père, notaire à Saint-Brice, il a pu se rendre un compte exact de ce que rapporte chacune
de vos propriétés ; en un mot, qu'avant de permettre à son cœur de parler pour toi, le pru-

dent jeune homme s'est assuré préalablement
que sa position nouvelle ne nuirait pas à ses
intérêts et ne dérangerait aucune de ses habitudes. Tu arriveras dans sa maison, où ta place
est faite depuis bien des jours, comme un meuble de plus à sa convenance. Tout cela est charmant, tout cela est poétique comme un bail à
ferme ou une sommation par huissier. Je ne
ris pas, ma bonne Clémence! Le prétendu, sois-
en bien persuadée, a promis à ta mère de se
comporter en fermier intelligent, et le moment
venu, tu recevras une citation en règle qui t'in-
vitera à comparaître devant M. le maire et M. le
curé.

— Et, malgré les critiques, j'espère bien faire
droit à la requête, répondit gaiement mademoiselle Gérard. Ici, du moins, l'idée de spécula-
tion n'est pas possible. Si, comme tu l'affirmes
avec raison, mon ami d'enfance connaît exac-
tement nos revenus, ma mère, elle-même, n'est
pas moins instruite de ce qui le regarde, et,
tout balancé, les avantages sont, je crois, égaux.
Tu me plains encore de connaître si longtemps
d'avance celui qui doit remplacer auprès de
moi mes bons parents ; et, à la vérité, je l'ai vu
trop souvent déjà pour le croire un être parfait.
Toi, ma chère Élodie, tu rêves un héros de roman ; moi, persuadée que ces héros ne se ren-

contrent pas dans la vie réelle, je me contente à
moins, et je me réjouis de savoir dès à présent
quelles sont les vertus qui me seront le plus nécessaires en ménage. Mon futur seigneur, puisque tu l'appelles ainsi, ne possède, par exemple,
qu'à un faible degré la vertu de patience; eh
bien, j'essaie d'en acquérir plus que lui, afin
de laisser passer la bourrasque à l'occasion, certaine qu'avec un bon cœur et une âme loyale
le rayon de soleil n'est jamais loin. Tu crois que
la poésie n'existe pas hors des circonstances
singulières et des grandes passions : est-ce bien
vrai? J'aurais cru pourtant en trouver un peu
au foyer tranquille de ma mère, et chez le vieux
notaire de Saint-Brice. »

Élodie allait répliquer, lorsqu'un redoublement d'agitation, mêlé à des rires étouffés, attira l'attention des deux amies sur un point de
la cour. Une voiture de louage, d'une anti-
quité remarquable, venait de s'y arrêter, et
toutes les pensionnaires se montraient avec un
joyeux étonnement la personne qui, en s'aidant des robustes épaules du postillon, descendait lourdement de ce curieux véhicule.

— Attention, petites, dit Émérencienne d'un
ton railleur : saluez mademoiselle Major.

Élodie l'avait entendue; elle rougit, et se pen-
chant à l'oreille de Clémence :

— Émérencienne n'a entrevu ma tante qu'une seule fois, lors de ma dernière maladie ; mais comment ne pas la reconnaître entre cent mille ?... Pourtant, voici encore du nouveau, de l'imprévu... cette visière !...

En effet, sous un bonnet chargé de dentelles et d'une dimension choquante, mademoiselle Major portait maintenant un garde-vue en taffetas vert. Une ophthalmie récente avait nécessité cette addition aux splendeurs de sa toilette de voyage. Le reste se composait d'un immense rabat à tuyaux, d'une robe de soie usée, gorge de pigeon, d'un cachemire français de couleur jaune, et dont les dessins étaient d'un goût si bizarre qu'il avait attendu trente ans, soit en montre, soit dans les profondeurs du magasin, avant de rencontrer un acheteur. Rondelette, ayant du menton pour trois et des joues pour quatre, la bonne tante avançait avec ce mouvement de gauche à droite, qu'on désigne dans nos ports de mer par cette locution : « Marcher au roulis. » Une de ses mains potelées balançait une ombrelle à larges carreaux rouges et noirs, et dans laquelle les dents de lait d'un carlin favori avaient fait plusieurs déchirures ; son autre main tenait en respect sur sa hanche un énorme ridicule en velours de coton, d'où sortait, alerte et mignonne, la tête de Finaud, le carlin coupable.

Voulez-vous savoir maintenant ce qu'était mademoiselle Major? Oui, n'est-il pas vrai? Allons donc aux renseignements. Nous en aurons de complets à quelques centaines de pas, sur la place Graslin.

II

Nous voici dans une chambre assez richement meublée, écoutant ce que raconte à son ami un jeune homme blond, pâle, les traits fatigués par les plaisirs. Celui à qui il s'adresse, enveloppé dans un nuage de fumée, lui sourit avec nonchalance, et suit ses mouvements d'un œil à demi éteint. La première partie d'une conversation pleine d'aveux cyniques ne peut se rapporter ici. Ne nous occupons que du reste.

— D'accord! il faut en finir, mon bon, et je te remercie, toi dont le mariage est arrêté depuis trois mois, de m'avoir si bien mis à mon tour sur la piste d'une héritière. Maintenant que, grâce à l'heureux bavardage de ta petite sœur, me voici son compagnon de coupé, dis-moi ce que tu sais d'Élodie. L'as-tu vue plusieurs fois? est-elle vraiment bien?

— Charmante!... Non, ne ris pas! charmante! parole d'honneur! Des yeux noirs longs comme ça, mon cher! Seulement, tu sauras qu'en dépit des bons conseils de mesdames du Sacré-Cœur, la curieuse a lu des romans chez sa tante, aux dernières vacances, et que, depuis, la *Mina* de Walter-Scott est devenue son type de prédilection. Je l'ai rencontrée deux fois sur le cours Henri IV, au bras d'une ancienne amie de sa mère qui habite Nantes et, de temps en temps, la fait sortir de sa cage; je l'ai rencontrée marchant d'un pas solennel, la tête et le corps penchés sous le poids de la rêverie, pas assez, toutefois, pour ne pas s'apercevoir qu'elle attirait ainsi l'attention. Ses airs de colombe craintive et affligée ne vont pas mal à la douce pâleur de son teint et à la grâce un peu étudiée de son sourire. Je puis te faire en deux mots le portrait d'Élodie Grivar : C'est la mélancolie ornée, un bijou de deuil.

— Diable! mon bon Émile, ce portrait de belle éplorée n'a rien de très-séduisant pour moi, et le contraste me paraît un peu brusque avec les folies dont nous parlions tout à l'heure. Walter-Scott et sa Mina Troil sont ennuyeux à périr. Quel dommage que la petite n'ait pas encore compris qu'il ne peut exister aujourd'hui d'autre rêve poétique que de posséder beaucoup d'or, pour en dépenser beaucoup!

— Doucement, Léopold ; tu oublies que si l'héritière en était là comme nous, tes chances ne seraient guère favorables. De nos jours, on vit très-vite, et, pour un jeune homme de famille, les besoins sont immenses. Il me semble que tu viens d'avoir vingt-huit ans, et c'est plus qu'il ne faut pour qu'il soit grand temps de réparer, par une belle affaire matrimoniale, les brèches faites à ta fortune.

Un bâillement prolongé fut d'abord la seule réponse de Léopold ; il s'étendit sur un canapé, s'étira les bras, et après un nouveau bâillement :

— Va donc pour Mina Troïl, dit-il, nous changerons tout cela ensuite.

— A la bonne heure ! La seconde éducation d'une femme appartient à son mari. Mademoiselle Grivar aime la poésie, dit-on : tu lui feras lire Alfred de Musset et Henri Heine.

— J'y compte bien ; mais tu ne m'as pas encore parlé de la tante.

— Ah ! mademoiselle Major ! Celle-ci ne lit pas Walter-Scott, mais elle a conservé un très-bon souvenir de *Némorin, Rinaldo Rinaldini,* l'*Enfant de la Forêt* et *Zélie dans le Désert.* Elle habite depuis soixante ans sa ville natale, au fond de la Basse-Bretagne, et elle ne l'a quittée qu'une seule fois pour venir à Nantes passer

trois jours, pendant une maladie de sa nièce.
La bonne demoiselle tient un commerce de toile
au n° 35 de la rue des Caquets, et bien qu'elle
ait peut-être de son côté vingt à vingt-cinq mille
francs de rente, elle n'a pu se décider encore à
se retirer des affaires. Tu connaîtras bientôt cette
rue des Caquets, berceau de la tante Major.
Figure-toi de vieilles maisons à pignon, dont
les étages, s'élevant en encorbellement les uns
au-dessus des autres, tout chargés de sculptures
en bois, tantôt pieuses, tantôt grotesques, sem-
blent s'avancer à l'envi pour espionner les voisins et les passants. Penchées au bord des toits,
les cheminées ont elles-mêmes un air de curiosité incroyable, et quant aux rez-de-chaussée,
composés de boutiques de drap, de toile, d'é-
piceries, prenant jour sur la voie publique par
une large fenêtre qui sert à l'étalage de la marchandise et supplée presque toujours au comptoir; quant aux rez-de-chaussée, dis-je, c'est
là que des yeux sont ouverts du matin au soir
pour voir ce qui se passe dans le quartier, et
des langues toujours en mouvement pour les
commentaires. Pour que rien n'échappe à l'examen, il y a même un signal convenu entre les
marchandes. Dès qu'un visage étranger ou
méritant un peu l'attention se montre à l'entrée
de la rue, les dames des numéros 1 et 2, posées

en sentinelles avancées, saisissent leur aune ou
leur mètre, et deux petits coups secs, frappés
sur la planche de chêne extérieure où vient
s'accouder le chaland, se répètent, se confon-
dent de fenêtre en fenêtre, et en deux secondes
ont fait bien du chemin. J'ai eu l'honneur de
cet avertissement singulier, et j'aimerais à te
peindre dignement l'exhibition bouffonne qui
s'ensuivit. Non, impossible d'imaginer une pareille collection de visages antédiluviens ; et
ce qui ajoutait encore à l'effet, c'est que tous
ces yeux éraillés, ces nez à lunettes, se présentaient de toutes parts entourés de canaris, de
perroquets, de chats de toutes les couleurs.
La tante Major était au premier rang, pour
constater l'élégance de ma moustache ; je la
vis alors entre la cage où tournait son écureuil et le bocal où nageaient ses poissons
rouges.

— Fort bien, Émile ; et tu as besoin d'ajouter, n'est-ce pas, que la présence dans notre
maison des poissons rouges, de l'écureuil et de
leur maîtresse, n'est point une condition essentielle de notre bonheur ?

— Nullement essentielle ! Les parents de la
petite, beaucoup moins vulgaires que la respectable demoiselle, leur cousine germaine, ne
désiraient rien tant qu'un moyen honnête de

l'éloigner pour toujours de celle-ci. Courage
donc, très-cher, et bonne chance!

— Oui, bonne chance, en effet, répéta Léopold d'un air rêveur. J'en ai besoin pour apaiser mes créanciers et tenir honorablement ma
place dans le monde. Si, à dix-huit ans, mon
bon Émile, il m'eût été facile de jouer au naturel la comédie de sentiment que je prépare,
aujourd'hui je me sens tellement indifférent,
tellement blasé pour tout ce qui n'est pas le
bruit des écus, que j'ai peur, en vérité, de faire,
malgré mes efforts, un sot personnage. Comment se poser décemment en enthousiaste et en
ingénu, dans un siècle comme le nôtre, où l'admiration pour autrui est un ridicule? J'ai vite
appris à juger nos contemporains, revenus de
toutes ces agitations intellectuelles, de toutes
ces aspirations vers ce qu'on appelait autrefois
le beau dans les lettres, les arts, les luttes de
la tribune, la vie publique. Le repos dans les
jouissances du luxe, voilà leur unique ambition; et quand la considération s'attache aveu-
glément à la richesse sans s'inquiéter d'où elle
vient, le moyen de désirer autre chose? L'i-
déal! Le culte du beau! Allons donc! les pein-
tres et les poëtes eux-mêmes, savent fort bien
qu'il leur faut aujourd'hui un culte tout différent s'ils veulent réussir. Aussi, regarde et dis-

moi si les artistes et les écrivains d'à-présent ne te rappellent pas ces Romains qui, suivant Tertullien, disposaient sans pudeur de leurs dieux, les engageaient, les échangeaient, les vendaient et les transformaient, sans façon, en cuillers et en marmites?... Pourquoi non, après tout? Qu'auraient à leur offrir, en échange du bien-être sacrifié, ces grands si pleins d'eux-mêmes dans leur nullité confiante, ces politiques qui ne croient plus qu'au droit de la force brutale, ces femmes du monde si vaines et si niaises, ces financiers insolents et ignares, cette foule non moins orgueilleuse, non moins stupide, et qui, dans ses jours de fureur, n'épargne pas plus ses meilleurs amis qu'elle ne le ferait de ses bourreaux!

Léopold s'était levé du canapé, et parcourant la chambre à grands pas, il parlait avec une véhémence qui ne lui était pas habituelle. Un bruyant éclat de rire l'interrompit.

— Bravo! moraliste! bravo! Un prédicateur ne tonnerait pas mieux contre les travers du siècle!

— Peut-être bien, répondit Léopold en riant aussi; je pense, du moins, en supposant ton prédicateur convaincu de la vérité de ses doctrines, et consolé, pour sa part, par l'espérance d'une vie meilleure; je pense qu'il n'eût pas

trouvé dans son cœur l'amertume qui, par
instant, déborde du mien. Il a un rêve, cet
homme-là; il a un lendemain, et ni toi ni moi
n'en avons plus. Nous appartenons, l'un et
l'autre, à une société malade d'esprit, défaillante de cœur. Tout s'écroule autour de nous.
C'est une confusion d'hommes et d'idées qui
donnerait le vertige si l'on y pensait sérieusement. Ce que nous faisons est donc bien? Occupé de soi et du moment présent, chacun de
nous se hâte d'arracher une part de butin dans
la mêlée, pour ne pas courir les mains vides,
et, dans le sauve-qui-peut général, il aban-
donne le reste au hasard.

— Tu conviendras, du moins, qu'une dot de
plus d'un million est une assez bonne aubaine,
demanda Émile.

— Sans doute, répliqua Léopold, et je te remercie encore de me l'avoir indiquée à temps.
Pourtant, mon ami, si, aussitôt la réception de
ta lettre, je suis accouru de Toulouse dans le
but avoué de faire là-bas, dans le Finistère, une
visite à un parent éloigné que je n'ai jamais vu
et qui se soucie fort peu de moi; si j'ai pris mes
précautions pour voyager avec la romanesque
pensionnaire, et tenter, comme tant d'autres,
la conquête de la Toison d'Or, je n'en regrette
pas moins, à mes heures, de ne plus trouver

au fond de mon cœur qu'une froide indifférence pour tout ce qui n'est pas une opulente
oisiveté. Je ne sais si je me fais bien comprendre : il me paraît fâcheux de ne plus croire qu'à
la puissance du coffre-fort ; mais je n'en suis
pas moins convaincu que nos pères, en préco-
nisant d'autres biens, en leur sacrifiant leurs
veilles, leur repos, leur santé, imitaient simplement ces pauvres Indiens qui couronnent
de fleurs, ou arrosent d'huile une boue sèche,
élevée en monceau à leur porte, et qu'ils croient
la demeure d'un Dieu.

Cette fois, Émile ne répondit rien. Supé-
rieurs l'un et l'autre, par les dons de l'intelligence, à la plupart de leurs amis, ils montraient tous les deux, au regard attristé de
l'observateur, le douloureux spectacle de qualités précieuses, étouffées par la mollesse de la
vie et la corruption des mœurs. Animés par
des convictions fortes, debout au poste honora-
ble qu'ils ne cherchaient pas à conquérir, ils
auraient donné à la France deux hommes utiles, et peut-être, à l'histoire de leur pays, deux
beaux noms de plus. Malheureusement, ils ap-
partenaient à une génération qui cherche moins
à faire de grandes choses, au prix d'efforts généreux, que, par des moyens faciles et souvent
peu honorables, des choses lucratives. La chasse

à l'héritière est un de ces moyens réputés honnêtes, et son premier avantage est, qu'en exigeant de celui qui le met en œuvre l'absence d'élévation, de délicatesse et de sincérité, il se trouve à la portée du plus grand nombre, aux époques de décadence morale. Léopold de Lancry avait pris ce parti commode, sinon très-digne, pour continuer sa vie d'indolence et de prodigalité. Un million à gagner! Comment n'aurait pas cédé à cette tentation un homme trop énervé, trop insouciant du vrai et du bien pour en repousser sérieusement aucune?

L'heure du départ de la diligence approchait, et l'ami du voyageur s'habilla pour l'accompagner jusqu'à la voiture. Léopold eut grand soin d'éviter dans sa toilette tout ce qui aurait pu laisser voir quelque prétention, et son négligé, d'une élégance irréprochable, lui valut de la part d'Émile une approbation sans réserve.

— C'est à merveille, disait ce dernier en allumant un nouveau cigare; ce manteau est byronien et cette casquette ressemble, à s'y méprendre, à la coiffure d'un chef de clan. Allons, tourne-toi vers moi un instant; souris avec amertume; adresse à mon nœud de cravate, un regard langoureux... Bien! parfait! tu réus-

9.

siras, très-cher, tu as tout à fait le physique
d'un héros de roman.

— Puissé-je en avoir les aventures, une au
moins, répliqua Léopold en prenant le bras de
son ami. Si le conducteur voulait s'y prêter un
peu, continua-t-il en se dirigeant vers la place
d'où la diligence allait partir, un accident aux
environs de Saint-Brice pourrait ajouter beaucoup à l'intérêt du voyage.

Les claquements du fouet invitaient les deux
amis à presser le pas.

— La première place de coupé est à monsieur, dit le conducteur en s'adressant à mademoiselle Major, déjà installée dans la voiture
avec sa nièce. Confusion de la marchande, qui
ne voulait, en aucun cas, usurper les droits de
personne ; protestation aimable du chevalier,
qui, affirmait-il, en pareille compagnie, récla-
mait instamment la dernière place. Sa requête
n'eut aucun succès : Élodie avait l'un des
coins ; il occupa l'autre ; mademoiselle Major,
toujours munie de son garde-vue en taffetas
vert, et son carlin sur les genoux, conserva la
place du milieu. Au seizième siècle, si peu délicat sur les accessoires dans les représentations
théâtrales, un homme bizarrement accoutré
figurait tout naïvement une muraille dans la
tragédie de *Pyrame et Thysbée*. Ici le rôle était

à peu près le même pour la bonne tante, et nous devons ajouter que le mur de séparation était d'une notable épaisseur.

Une extrême confusion régna d'abord dans la diligence, que Finaud, se défiant apparemment du nouveau venu, remplissait d'aboiements insupportables. Le premier inconvénient de tout ce bruit, fut que Léopold se vit obligé d'élever la voix plus que de raison, en adressant à son ami ces paroles, accompagnées d'un regard furtif très-bien remarqué par mademoiselle Grivar :

— Émile, là, à l'autre coin,... as-tu jamais vu une beauté aussi parfaite?

La pensionnaire détourna la tête en rougissant.

— Plus bas! dit Émile.

Et tandis que la tante s'efforçait d'étouffer les aboiements du carlin, en le plongeant la tête la première dans son ridicule, il continua de façon à être entendu :

— Surtout, ne manque pas de me tenir au courant de tes impressions de voyage : tu visiteras bien des ruines; chacune d'elle a sa légende, et tu sais si j'apprécie comme toi la poésie de nos pères.

Léopold allait répondre sur le même ton.

— En route! cria le conducteur.

Le postillon fit claquer son fouet ; les deux femmes se signèrent, et l'instant d'après la diligence roulait bruyamment sur la route de Vannes.

III

Le premier relai fut employé à s'examiner en silence, et le second à délivrer enfin de sa prison maître Finaud. La paix se fit au moyen d'un biscuit de Reims offert habilement par Léopold au favori de la vieille fille. Celle-ci se récria beaucoup sur la générosité de l'étranger. Finaud était un mauvais garçon, indigne d'un bon procédé, et, pour sa part, elle ne lui pardonnerait jamais d'avoir montré les dents à monsieur, si poli, disposé si chrétiennement à rendre le bien pour le mal.

La glace une fois rompue, la conversation ne pouvait languir avec mademoiselle Major.

— Oserai-je vous demander, monsieur, dit-elle, si vous ne seriez pas étranger ? Vous avez un léger accent anglais, allemand ou italien que je crois reconnaître !

— Je suis né à Toulouse, madame, répondit M. de Lancry, et j'ai le regret de reconnaître que l'accent dont vous parlez doit être l'accent du Midi. J'ignorais jusqu'à présent posséder cet avantage si peu apprécié ; je croyais n'avoir conservé du pays natal que l'amour des lettres et une foi entière en Clémence Isaure.

— Entends-tu cela, ma chère ? s'écria la vieille demoiselle avec un geste de la main qui fut mal compris de Finaud, et le fit rentrer tout penaud au fond du sac. Ah! monsieur, qui pourrait douter des malheurs de cette noble dame, quand la romance est là, en douze couplets, dans la dernière partie d'*Estelle et Némorin?* Pauvre Isaure! j'ai vu, il y a trente ans, un capitaine de hussards s'essuyer les yeux tandis que je chantais, en pleurant moi-même, la mort de l'infortuné Lautrec! Le mercier d'en face m'accompagnait avec sa guitare, et les gros soupirs qu'il poussait en pinçant les cordes de l'instrument, ne contribuaient pas peu à l'émotion générale.

M. de Lancry se mordit les lèvres pour réprimer un sourire moqueur, et faisant appel à de jeunes souvenirs, il parla de dame Clémence avec le respect et l'enthousiasme d'un mainteneur de l'Académie des Jeux floraux.

— Si ces jeux, dit-il, n'ont pas entièrement perdu encore leur couleur naïve et charmante, c'est que deux noms de femmes, l'un de la terre et l'autre du ciel, les ont embellis et protégés.

Au commencement du quatorzième siècle, les
sept troubadours de Toulouse, par une lettre-
circulaire écrite sous un laurier, avaient fait
appel aux chansons *pour que le siècle en fût plus
réjoui*, écrivaient-ils. Une violette d'or était pro-
mise au vainqueur, et ce fut Arnaud Vidal qui
l'obtint pour ses vers en l'honneur de Marie.
Ainsi le gai collége se fondait sous les mêmes
auspices que les cathédrales. Les années suivantes, même convocation dans le délicieux verger
des mainteneurs toulousains et même empressement à s'y rendre. Cependant de grandes cala-
mités dispersèrent les troubadours. La guerre,
la peste, bien d'autres malheurs allaient faire
oublier les sons de la mandore, les joies de la
violette, et avec ces tournois pacifiques la poésie
périssait. Alors une femme que notre imagination se représente comme un de ces types de
beauté qu'on rencontre une fois en sa vie, mais
que vous, madame, pouvez admirer tous les
jours ; une femme entourée du triple prestige de
la naissance, de la fortune et des talents, ranima
le feu sacré prêt à s'éteindre.

— Oui c'est bien cela, monsieur, la romance
le dit.

Et la bonne tante, se rengorgeant et fermant
les yeux, entonna d'une voix étranglée le cinquième couplet de la longue ballade :

L'églantine est la fleur que j'aime ;
La violette est ma couleur.

Un miaulement aigu, terminé brusquement
par un enrouement subit, s'échappa comme un
cri de détresse du gosier de la chanteuse et ne
lui permit pas d'aller plus loin.

Le jeune homme reprit avec emphase :

— Ne dirait-on pas, mesdames, que depuis le
jour où la femme écrasa la tête du serpent, c'est
à elle de protéger l'humanité défaillante et de la
réchauffer sur son cœur ? Quand l'ange de la
miséricorde visite la France, par exemple, il
choisit toujours une femme pour l'accomplis-
sement de ses desseins. Il apporte une houlette
à Geneviève, et Attila, le fléau de Dieu, s'enfuit
épouvanté ; il donne un crucifix à Clotilde, et la
barbarie expire dans la Gaule chrétienne ; il
confie une épée à Jeanne d'Arc, et la nationa-
lité française est sauvée. Aujourd'hui, c'est la
poésie qui meurt, la poésie, cette source des
nobles sentiments et des grandes pensées ; les
sept troubadours ont perdu le bien-aimé jardin ;
la foule n'accourt plus à leurs fêtes... Eh bien !
une femme apparaît de nouveau et sauve le premier des arts en l'épurant, en l'élevant plus
près du ciel.

Élodie écoutait avec attention et bonheur ces

paroles flatteuses; mais la pauvre tante, dont toute la littérature se bornait à Florian et Ducray Dumesnil, ne savait comment répliquer. Après avoir bégayé plusieurs mots sans suite, tels que certainement,... en vérité,... en conscience,... elle renversa la tête en arrière, les yeux entièrement clos, et déclara que, toute modestie à part, elle partageait entièrement l'avis de monsieur. De plus, elle ajouta qu'elle avait répété cent fois comme lui, et presque dans les mêmes termes, à madame Giroux, l'épicière, que l'épée de Clotilde avait été d'un grand secours autrefois contre les Anglais. Humiliée de tant d'ignorance, et craignant de passer elle-même pour une personne vulgaire, la jeune fille se hâta d'intervenir :

— Je crois avoir lu quelque part, dit-elle, que vos compatriotes n'ont pas toujours été aussi justes que vous, monsieur, envers les femmes. Si ma mémoire ne me trompe pas, les exécuteurs testamentaires de dame Clémence n'auraient pas rougi de les exclure du concours peu d'années après la mort de la restauratrice des Jeux floraux.

— Quelle indignité! murmura mademoiselle Major ; oh! les hommes, les hommes!

— A la fête de mai, vers le milieu du seizième siècle, reprit M. de Lancry, les capitouls, revêtus de la robe noire et rouge, précédés des trompettes et des hautbois, avaient ramené à l'Hôtel-de-Ville les mainteneurs et les maîtres de la gaie science. Un vieillard présidait l'assemblée, qui, cette fois, était peu nombreuse, et chacun s'étonnait du grand nombre de places laissées libres, lorsqu'une députation de dames demanda à être introduite. C'était la pléiade poétique où brillaient Audiette Pescheira, Esclarmonde d'Espinette, Johane Perle, et, au-dessus de toutes, la belle Paule de Vigier, celle-là même qu'un arrêt du Parlement condamna à se promener au moins deux fois par semaine.

— Comment? comment? demanda la plus âgée des deux voyageuses.

— Fatiguée de l'admiration de la foule qui se pressait sur son passage, répondit le Languedocien, elle avait pris la résolution de ne plus sortir ou de ne sortir que voilée; mais le peuple se souleva, il y eut émeute, et, bon gré, mal gré, il fallut bien obéir à l'arrêt.

— La beauté a ses inconvenients, répliqua mademoiselle Major en poussant un long gémissement. Quel ennui de ne pouvoir faire un pas sans être remarquée! de ne pouvoir entrer dans un salon sans attirer tous les yeux. Mais, monsieur, continua la bonne tante d'un ton confidentiel, c'est surtout dans le commerce qu'un

minois trop favorisé nous cause des tourments.
Je pourrais en citer un, méconnaissable aujour-
d'hui, qui m'a rendue bien à plaindre. Ce fut
pendant dix ans une procession de curieux qui,
sous prétexte d'examiner nos toiles de Hollande,
venaient s'aplatir le nez contre les vitres que
mon vénéré père avait cru devoir placer sur la
rue, entre eux et moi. D'autres se présentaient
en acheteurs, prenant indifféremment de ma
main toiles de Tréguier, de Landerneau, de
Cretonne, et sans qu'il me fût jamais possible de
tirer de leur ébahissement stupide un mot de
bon sens.

Élodie fit remarquer au jeune voyageur qu'il
n'avait pas achevé son récit.

M. de Lancry se hâta de le terminer en racontant comment Johanc Perle demanda l'admis-
sion des femmes aux Jeux floraux, et comment,
la requête prise en considération, la belle Paule
reconnaissante prononça elle-même, immédiatement, le panégyrique de Clémence Isaure. En
finissant, le beau Léopold reprit son thème favori, l'éloge exclusif des femmes.

Il tardait à mademoiselle Major de passer à
des propos mieux à sa convenance. Dans le
cours de la conversation, l'aimable causeur
l'avait nommée plusieurs fois madame, et la
rectification de cette erreur lui fournissait une

excellente occasion de traiter à fond un de ses sujets favoris.

— Je suis vraiment peinée, dit-elle, d'avoir à relever un mot échappé à monsieur ; il prend cette chère enfant pour ma fille, et je ne puis me dispenser de lui faire savoir que je suis encore demoiselle. Cela tient à des jalousies, à des ruses, à des intrigues inimaginables. Ah ! monsieur, poursuivit la tante les deux mains étendues, le garde-vue relevé vers le ciel, le monde est quelque chose de hideux ! Croiriez-vous que des compagnes d'école, des amies d'enfance n'ont pas reculé... Mais, attendez, c'est tout une histoire...

— Ma tante, de grâce, ne la racontez pas à un inconnu, murmura la jeune fille avec un regard d'anxiété qui ne pouvait échapper à Léopold. Mademoiselle Major feignit de ne rien comprendre aux chuchotements d'Élodie, et se tournant gravement vers l'étranger :

— J'avais vingt sept ans, monsieur, et ils étaient trois, tous du quartier, tous empressés à me saluer jusqu'à terre, lorsqu'ils passaient devant l'étalage du magasin. Aucun ne s'était prononcé encore, et, dans mon incertitude, j'eus recours, pour m'éclairer, — pardonnez à la curiosité d'une enfant, — j'eus recours, comme tant d'autres avant moi, au jeûne de sainte

Agnès : vous ne connaissez pas cet usage ? Eh bien, il existe dans plusieurs localités du Finistère, et voici comment : Le jour de la fête consacrée par l'Eglise à sainte Agnès, la jeune fille qui veut savoir ce que lui réserve l'avenir ne prend aucune nourriture avant d'avoir vu briller là-haut sept étoiles. Alors elle mange un morceau de pain noir, boit un verre d'eau, se signe de la main gauche et se retire dans son alcôve en marchant à reculons : folies et superstitions condamnables, disent les confesseurs; ils ont peut-être raison ; mais les dormeuses n'en voient pas moins dans un rêve : celle-ci un époux, celle-là les murs d'un couvent, cette autre un cercueil. Oui, monsieur, je tentai l'épreuve, et, sous l'influence du sommeil magique je me crus en observation à la fenêtre du magasin. Tout à coup, à l'autre extrémité de la rue, se montra l'apparition. Quel spectacle! un casque de dragon, au-dessous un habit d'enseigne de vaisseau, plus bas une robe de juge, et plus bas encore, sous les plis de la robe noire, une paire d'énormes sabots ! Cela s'avançait vers moi d'un pas majestueux, et soudainement éclairée, je nommais à la fois trois voisins célibataires, l'un capitaine de cavalerie, l'autre officier de marine, le troisième magistrat. Les sabots seulement m'étonnaient, quand l'idée

d'un riche agriculteur à qui j'avais vendu, la
semaine avant, trente-six aunes de toiles de
ménage, vint se présenter à mon esprit. Tout
s'expliquait et je n'avais plus qu'à savoir qui
l'emporterait des quatre rivaux. J'attendais, et
tandis que j'étais là comme un pauvre agneau
sans méfiance, je vis les fenêtres se garnir des
deux côtés de la rue, et à ces fenêtres des mères
intrigantes, de ces mères toujours en quête de
maris. Elles tenaient à la main des lignes d'une
longueur effrayante et munies de divers hame-
çons... Horrible! horrible! Indignée, je détour-
nai les yeux ; mais au premier regard jeté ensuite à la place où j'avais laissé le fantôme, plus
rien, le vide, le néant! Impossible d'arriver jusqu'à moi, monsieur, avec de pareilles mégères.
L'habit d'uniforme s'était arrêté au n° 10, le
casque au n° 15, les sabots presque à ma porte ;
quant au magistrat...

— Ma tante! ma bonne tante! interrompit
la pauvre Elodie, rouge de confusion. M. de
Lancry vit son embarras, et du ton le plus sérieux, il parla très-sagement des événements
imprévus jetés à la traverse de notre existence,
et qui la détournent de son vrai but. L'entretien se releva ainsi tout naturellement, et la
jeune fille ne savait ce qu'elle devait le plus
admirer de l'esprit distingué de l'inconnu, de

sa passion pour les choses élevées ou de sa délicatesse.

La diligence n'avait d'autres voyageurs que
les dames du coupé, M. de Lancry et deux matelots qui chantaient dans la rotonde. Peu gênée
par un chargement si faible, la voiture allait
bon train, et déjà l'on ne comptait plus qu'une
dizaine de lieues pour arriver à la petite ville
qu'habitait mademoiselle Major, quand le postillon descendit de son siége pour visiter une
roue qui, disait-il, menaçait de prendre feu. Les
essieux n'avaient pas été graissés convenablement.

— Voyons cela, dit Léopold, et il s'élança
hors du coupé avec une légèreté digne d'un
acrobate.

— Sainte Anne ! pourvu que nous ne ver-
sions pas en route ! criait mademoiselle Major
en montrant tour à tour, à chacune des deux
portières, son garde-vue en taffetas placé de
travers sous son grand bonnet. M. de Lancry
cherchait à la rassurer. Le conducteur et le
postillon secouaient la tête.

Avant de remonter en voiture, le jeune
homme échangea quelques mots à voix basse
avec ces derniers.

— Cinquante écus, c'est fort bien, disait le
conducteur ; mais encore vous m'assurez, n'est-ce

pas? qu'il n'y a aucune mauvaise intention là-
dessous, et que les deux dames...

— Seront en parfaite sûreté chez mon cousin, M. Simon, le vénérable notaire de Saint-
Brice. Dans moins d'une heure, m'avez-vous
dit, nous serons à quelques centaines de pas de
sa demeure; l'un de vous nous y conduira lui-
même. Voyons, que faut-il de plus pour vous
décider?

— Il est certain que M. Simon est connu dans
tout le pays pour le plus honnête homme du
monde; cependant vous avez là une idée bien
singulière.

— Oui, j'ai parfois des idées bizarres, et
celle-ci, j'en conviens, est originale. C'est donc
une affaire réglée... Au bas de la première descente, à un petit quart de lieue de Saint-Brice !

— Eh bien! oui, il y a là une mare assez
commode.

— Pas profonde, au moins?

— Très-peu, une flaque d'eau verdâtre, rien
de plus.

Léopold reprit tranquillement sa place à côté
de mademoiselle Major.

La nuit était venue. Le ciel, couvert de nuages
sombres, n'avait qu'un point éclairé où brillaient, comme des cierges autour d'un cercueil,
quelques rares étoiles. Une mer d'ajoncs, de

genêts, de bruyères perdus dans l'obscurité, remplis comme les vagues de gémissements et de bruits sinistres, s'étendait à droite et à gauche du grand chemin, dont la couleur blanche se détachait au flanc des montagnes sur un fond noir. Çà et là des chaumières bordaient la route, et de ces chaumières s'élançaient à la suite de la diligence des enfants déguenillés, gambadant et multipliant les culbutes pour exciter l'intérêt des voyageurs. A peine entrevus par ces derniers, qu'ils assourdissaient de leurs chants criards, les pauvres petits ne ressemblaient pas mal aux Ankelcheriens et aux Korigans, ces malins esprits des légendes bretonnes.

Mademoiselle Major, penchée par-dessus les genoux de sa nièce, distribuait à tâtons, par la portière, des sous aux petits mendiants. Cette action généreuse devait avoir, l'instant d'après, de fâcheuses conséquences.

La voiture était lancée sur une descente très-rapide.

—Je me défie un peu de notre arrivée en bas, dit M. de Lancry ; je veux espérer encore que l'esse tiendra bon jusqu'au bout ; pourtant, croyez-moi, mesdames, prenons toutes nos précautions en cas d'accidents. Tenez-vous ainsi.

L'avis arrivait à point ; l'accident eut lieu, et malheureusement la portière sur laquelle avait

pesé mademoiselle Major et que tant de mains
avides entouraient tout à l'heure, la portière se
trouva ouverte, ce qui envoya la tante, la nièce
et leur chevalier au beau milieu de la mare.
M. de Lancry était servi au delà de ses vœux.

Relever la nièce, repêcher la tante, que son
poids énorme avait enfoncée assez avant dans
la vase, fut pour Léopold l'affaire d'un moment.
Les deux femmes poussaient des exclamations
lamentables, le jeune homme pestait sans ver-
gogne après le conducteur et le postillon, les
marins riaient comme des fous, tandis que des
centaines de grenouilles, troublées dans leur
premier sommeil, coassaient à qui mieux mieux,
remplissant dans cette comédie l'office du chœur
chez les Grecs. Le premier étourdissement passé,
on s'expliqua. La voiture avait besoin d'une
réparation qui la retiendrait là deux ou trois
heures, en admettant qu'au prochain village on
trouvât de suite un charron pour s'en occuper.
Ce village, on le nomma, c'était justement
Saint-Brice, où demeurait, comme nous l'avons
déjà vu, maître Simon, le parent très-éloigné
du beau Léopold, et, en même temps, le futur
beau-père de Clémence.

— Mesdames, s'écria le plus obligeant, le plus
empressé des voyageurs, vous n'avez plus, dites-
vous, que sept lieues à parcourir; mais permet-

tez-moi de vous faire remarquer que vous ne
pouvez, sans inconvénients fort graves, attendre ici que la diligence se remette en chemin.
Vous êtes mouillées, contusionnées, peut-être,
et, dans tous les cas, incapables de continuer ce
soir votre voyage. Sait-on, d'ailleurs, si une
réparation faite ainsi, la nuit, au milieu d'une
route, vous offre beaucoup de sécurité? Croyez-
moi, nous voici tout près de Saint-Brice, où
M. Simon, mon cousin, un respectable notaire,
sera le plus fier de tous les hommes si vous
daignez accepter chez lui l'hospitalité.

— Eh! monsieur, comment nous présenter
ainsi? répliqua d'une voix dolente mademoiselle Major; ma nièce encore en a été quitte à bon
marché, mais Finaud et moi nous devons être à
faire peur. Tenez, monsieur, posez seulement
un doigt sur le dos de la pauvre bête, et jugez
par comparaison !

— Et c'est justement à cause de ces vêtements trempés d'eau que je vous supplie...

— Non, monsieur, non; aidez-moi seulement, je vous prie, avant de nous quitter, à retrouver mon garde-vue et mon ridicule. Je ne
connais pas votre parent, et je n'oserais jamais,
faite comme je suis...

Elodie ne la laissa pas achever.

— Ma bonne tante, dit-elle, j'ai souvent en-

tendu parler de M. Simon par une de mes amies,
dont la famille habite ce village. Il est pénible,
sans doute, de se montrer à des étrangers après
une aventure telle que celle-ci; pourtant, puisque monsieur a la bonté de nous faire une proposition aussi aimable, je crois comme lui qu'il
serait plus sage de nous arrêter à Saint-Brice,
et de ne pas remonter dans cette horrible voiture.

— Arrêtons-nous donc, et prions monsieur de
nous conduire, répondit d'un ton assez maussade mademoiselle Major. Postillon, continua-t-
elle, aussitôt l'arrivée de la diligence, vous fe-
rez transporter tous nos bagages rue des Caquets, n° 35. Seulement, descendez de suite
mon sac de nuit, le petit carton à chapeaux et
la caisse plate. Nous aurons grand besoin de
tout cela dans un instant.

Le postillon obéit, et faisant appel à la bonne
volonté des deux matelots, il descendit aussi
la petite malle de M. de Lancry, pour la transporter chez maître Simon. On se mit en route
pour Saint-Brice, le postillon servant de guide,
Léopold soutenant du bras gauche l'héritière
encore tremblante, et du bras droit la vieille
tante, qui déplorait la perte probable de son
garde-vue, et, toute meurtrie de la chute, se
traînait péniblement. Ils arrivèrent ainsi, clo—

pin-clopant, à la porte d'une jolie maison ornée d'un assez grand nombre d'affiches et d'un
brillant écusson en cuivre.

IV

Nous avons tous rencontré, ne fût-ce qu'une
ou deux fois dans notre vie, de ces âmes simples,
de ces cœurs droits, de ces caractères solides
et bienveillants, de ces bonnes gens, en un
mot, dont l'accueil est si franc et si cordial,
que, dès la première entrevue, ils nous sem-
blent de vieux amis. Les situations les plus délicates deviennent faciles avec ces heureuses
natures, dont la sérénité et le discret abandon
écartent bien loin le doute de soi-même et la
contrainte. Le paysan le plus gauche et la jeune
fille la plus timide, trouvent de l'assurance aussitôt qu'ils ont franchi le seuil où respirent les
qualités natives et les douces vertus qui font les
bonnes gens. Suivant un observateur, on reconnaissait la maison de ceux-ci, les jours de
glace, par les cendres qu'ils font répandre devant leur porte. Eh bien, le soin qu'ils prennent
pour éviter les chutes aux passants, est l'image
fidèle de la sûreté de leur intérieur. Ici, point

de périls à redouter pour l'ignorance, l'étour-
derie, la vanité même : si l'on glisse en dépit
de tout, si l'on tombe, la charité a si bien préparé le terrain, qu'on est pleinement assuré de
se relever sans meurtrissures.

Nous venons de peindre en quelques traits
la famille Simon. Entièrement étrangers pour
elle, ses hôtes auraient éprouvé déjà la salutaire
influence de son toit hospitalier ; mais quand
M. de Lancry se présentait au titre d'arrière-
cousin ; quand la jolie pensionnaire s'annonçait
comme l'amie de Clémence, le plaisir augmentait
d'autant plus qu'on pouvait entamer de prime-
abord le chapitre si agréable des souvenirs.
Frédéric, surtout, avait mille questions à faire
sur l'aimable fille restée au couvent ; Élodie
lui en savait gré, et multipliait les détails pour
lui complaire.

— Oh ! ces amoureux ! disait la mère du jeune
homme, avec un regard qu'elle croyait malin
et qui n'était qu'affectueux et bon.

— Promis l'un à l'autre depuis cinq ans, reprit Frédéric, nous jouons sans plaisir une partie de barres qui doit durer deux années encore.
J'ignore si mes parents ont craint qu'en nous
voyant longtemps et fréquemment, avant le mariage, notre affection ne diminuât par la connaissance trop parfaite de nos défauts ; ce qu'il

y a de certain, c'est que mes études achevées, je n'ai plus retrouvé ici Clémence, et qu'en outre mon père attend justement l'époque de son retour pour m'envoyer faire mon stage à Brest.

Le père se frottait les mains, riait dans sa barbe, et répondait qu'il avait ses raisons pour agir ainsi ; d'ailleurs, ajoutait-il, tu n'as rien à faire à Saint-Brice en attendant le jour où Rébecca recevra d'Éliézer les pendants d'oreilles. J'ai besoin de repos, mon enfant, et je te vois avec épouvante disposé à tout bouleverser autour de moi pour satisfaire au moindre désir d'une jeune fille. Clémence, dans une de ses lettres d'il y a quatre ans, parlait d'un bosquet de lilas, et vite, pour trouver place à ce bosquet, je vois tomber deux poiriers superbes. Mademoiselle est un peu musicienne; sa correspondance nous entretient, l'an dernier, de quelques romances, et voilà mon garçon qui se tâte, se reconnaît la bosse de l'harmonie, et prend des leçons de violon. Quant aux livres, c'est toujours à recommencer : encore celui-ci, encore celui-là pour la bibliothèque de Clémence! Il faut suspendre un peu ces préparatifs incessants. Étudiez le Code, monsieur, et pénétrez-vous uniquement des annales du notariat, jusqu'au moment où vous nous reviendrez avec la corbeille de noce.

Le persiflage anodin de maître Simon était joyeusement accueilli par Frédéric, dont le frais visage, rayonnant de santé et de bonheur, formait un contraste frappant avec les traits amaigris et le teint pâle de son élégant cousin. La franchise et la sérénité brillaient sur le front élevé du fiancé de Clémence, et l'on reconnaissait à la pureté de son regard la beauté morale d'une jeunesse robuste, sauvegardée par les croyances religieuses, et l'attrait préservateur d'un doux rêve d'avenir. Sa mère avait pour lui la tendresse qu'il méritait, et la pauvre femme ne pouvait s'empêcher de soupirer à l'idée d'une séparation prochaine.

— La vie est courte, disait-elle, et pourtant, moi, dont les années s'accumulent, je voudrais en avoir deux de plus pour voir Frédéric marié et fixé ici pour toujours. Vous étiez là-bas la confidente de Clémence, mademoiselle, et vous pensez comme moi, j'en suis sûre, qu'elle a toutes les qualités qu'un homme sage doit rechercher dans sa compagne.

— Y compris l'ordre et l'économie? ajouta M. Simon.

— Mon père, dit Frédéric, vous avez toujours sur le cœur cette robe de mousseline blanche achetée pour la communion de la fille du charbonnier. Mon Dieu, oui, c'était un peu

fou; avec le prix de cette toilette extravagante,
on pouvait vêtir plus convenablement toute une
famille pauvre; mais enfin...

— Quels détails, pensa Élodie, et quelles ex-
pressions inconvenantes pour un fiancé! Un peu
fou!... une toilette extravagante! Ah! pauvre
Clémence!

M. de Lancry s'aperçut de l'impression désa-
gréable produite sur la romanesque Élodie par
le jeune Breton. Il interrompit celui-ci, et lui
reprochant doucement ses concessions à l'observation critique dont mademoiselle Gérard
était l'objet, il dit que, pour sa part, rien ne le
charmait autant que la générosité d'un grand
cœur, ne croyant jamais assez beau ce qu'il
donne. « Les femmes, continua-t-il, en élevant
la voix, les femmes ont des perfections que nous
n'apprécions jamais à leur valeur. Ah! petit
cousin! si j'étais aimé comme vous, si une autre
Clémence se tournait vers moi pour m'encourager, je ne saurais en parler jamais qu'avec
des paroles de ravissement. La femme, croyez-le
bien, est la plus parfaite de toutes les merveilles
de la création; ce n'est pas sans raison que notre
imagination emprunte ses traits délicats pour se
représenter les anges et les vertus. Quelle harmonie sur ses lèvres! comme elle dispose à la
paix, à la joie! comme elle dissipe les orages

de l'âme! Petit cousin, encore une fois, vous
ne comprenez pas tout votre bonheur. Celle que
j'aimerais, je ne prononcerais son nom qu'à
genoux, et ce nom, je ne voudrais l'écrire qu'a-
vec une plume d'or. »

On raconte qu'une femme d'esprit, à qui je
ne sais quel Céladon débitait, sur un ton dé-
clamatoire, un aveu qu'il croyait brûlant, se
contenta de lui demander fort tranquillement,
après l'avoir écouté jusqu'au bout : « Qui est-
ce qui disait cela ? » Cette question, si naïve en
apparence et d'un effet si glacial, traversait en
ce moment la pensée de maître Simon ; mais
sa bonté naturelle ne pouvait la laisser arriver
jusqu'à sa bouche. Il se contenta de secouer la
tête avec une ironie toute bienveillante; puis,
d'un ton à la fois sérieux et cordial :

— Les poètes, dit-il, ont parlé des femmes à
peu près comme vous, et pourtant ces mes-
sieurs-là, en général, ne font pas les meilleurs
maris. En admettant la bonne foi dans les por-
traits qu'ils nous tracent des Laure et des
Béatrix de leurs rêves, il est d'ailleurs naturel
que les réalités domestiques renversent ces
chimériques créations de leur piédestal. Pour
avoir trop présumé de l'idole, ils arrivent donc
à ne plus reconnaître en elle des qualités vraies
et remarquées des moins clairvoyants. Point

10.

de milieu entre l'admiration folle et le plus injuste dégoût! Hier, le papillon dans tout son éclat; aujourd'hui, la hideuse chenille. Vous parlez d'écrire avec une plume d'or, tâchons seulement, après le mariage, d'avoir toujours sous la main une plume d'oie dirigée par un cœur aimant. Vous ajoutiez, je crois, qu'on ne devait prononcer qu'à genoux le nom adoré... Prenez garde! cette habitude serait fort gênante dans une foule de circonstances, et vous feriez bien d'y réfléchir avant de rien arrêter. La vie est pleine d'incidents vulgaires et inévitables... Un marmot pleure,... monsieur ne peut trouver seul sa cravate;... il lui faut appeler madame... Allons, vite une génuflexion avant de crier (et Dieu fasse que ce ne soit pas avec humeur!) le nom d'Adèle ou de Sophie...

— Voyez-vous d'ici le tableau? — Non, non, mon jeune ami, faisons bonne justice de ces exagérations sans durée quand elles sont sincères. Aimons en chrétiens, aimons de cet amour sobre de démonstrations puériles, et qui fuit les grands mots pour s'appliquer, en toute circonstance, à la pratique des petites vertus. Notre compagne, il n'est qu'un moment dans la journée où nous pouvons, où nous devons la nommer à genoux : c'est dans la prière, à ses côtés; c'est lorsque nous demandons à

Dieu, l'un et l'autre, d'éclairer notre sollicitude
mutuelle, pour ne jamais rien ôter, par notre faute, à la paix et au bonheur de notre
maison.

Un ronflement formidable mit fin à tous ces
discours. Mademoiselle Major, qui, depuis la
dispersion de ses prétendants problématiques,
ne portait plus qu'un intérêt secondaire à la
question du mariage ; mademoiselle Major,
disons-nous, luttait courageusement, depuis
une demi-heure, contre le sommeil. Deux fois
le pied de sa nièce avait essayé de lui venir en
aide en appuyant sur ses cors ; mais soins inutiles, le grand bonnet s'inclinait à droite, pen-
chait à gauche, allait tantôt en avant, tantôt en
arrière. Bientôt, enfin, la respiration bruyante
de la dormeuse ne put laisser à personne la
moindre illusion. Ce fut le signal de la retraite.
Avant de se retirer chacun dans sa chambre, il
fut décidé que le lendemain, après déjeuner,
M. de Lancry prendrait la voiture du notaire,
et conduirait lui-même les deux voyageuses au
n° 35 de la fameuse rue des Caquets.

— Tout va bien ! disait Léopold : en diligence, conversation romantique ; au moment
du malheur, soins délicats, touchante protection ; demain, nouveau service qui me conduit
directement au cœur de la place ! Décidément,

il ne faut qu'un peu d'habileté pour arriver au succès, à la fortune.

Oui, à la fortune, au succès ; l'homme habile avait raison de ne pas ajouter, au bonheur.

V

« Si vous aimez la vie, disait Franklin, ne perdez pas le temps, car c'est l'étoffe dont la vie est faite. » On va voir qu'une fois au moins Léopold, ordinairement le plus indolent des hommes, sut mettre à profit ce sage conseil.

Un mois après le voyage que nous venons de raconter, le courrier de Brest apportait à Nantes deux lettres, l'une à l'adresse de M. Emile de Nercey, l'autre à celle de mademoiselle Clémence Gérard. Nous allons les reproduire toutes les deux, et ce sera la conclusion de la première partie de notre histoire [1].

« Victoire, cher ami ! j'épouse un million sept cent mille francs ! — Ce n'est pas tout. Nous avons des espérances et pouvons compter, un de ces jours, sur six cent mille francs de tante,

---

[1] La suite du *Roman dans le mariage* paraîtra dans la deuxième série des *Récits du Foyer*.

encore en réserve entre l'écureuil et le bocal aux poissons dont tu m'as parlé.

« Que te dirai-je de la petite? Elle est folle de moi, et je la laisse faire. Si tu savais aussi quel étonnant paladin j'ai représenté uniquement pour son plaisir! Cela dure encore, mon bon Émile; j'en suis malade d'ennui, et peut-être encore de dépit contre moi-même. Ce qu'Élodie vient de m'accorder, cet or que j'ambitionne, que pourra-t-il me donner qui ne soit flétri d'avance par mes dégoûts? Spectacles, bals, festins, qu'est-ce que cela? Tout, si j'en étais privé; rien, du moment que je puis en jouir. Je criais victoire il n'y a qu'un instant. Non, ce mot a trop d'éclat. Disons simplement que j'ai réussi à trouver un placement avantageux pour quelques débris de jeunesse.

« Je n'ai pas besoin d'ajouter qu'aussitôt mariés nous partons tous deux pour Paris. La tante, depuis son plongeon dans la mare, a juré par sainte Agnès qu'elle ne quitterait pas sa chaumière, car elle se plaît à désigner par ce nom champêtre son antique maison à trois étages.

« Et maintenant, à bientôt, mon bon, et merci encore de ton avis officieux. Je te présenterai madame de Lancry en passant à Nantes. »

La seconde épître était de mademoiselle Grivar. La voici dans toute sa naïveté :

« Que tu vas être surprise, amie, en apprenant mon bonheur! Je voulais te l'annoncer
dans ma première lettre; je savais pouvoir le
faire avant peu, et je remettais de jour en
jour à l'écrire en me disant chaque soir : —
Ce sera demain! — Enfin, ce n'est plus demain, c'est aujourd'hui. Oui, ma chérie, je l'ai
trouvé ce caractère chevaleresque, ce cœur de
feu, cette âme noble et tendre qui, suivant toi,
ne se rencontraient que dans les romans. Oh! si
tu connaissais M. de Lancry! si tu l'avais vu et
entendu comme moi dans cette diligence, où
le hasard le plus étrange l'avait conduit tout
exprès pour la réalisation de mes plus beaux
rêves!...

« Ton ancienne confidente ne craint pas de
s'exposer à tes railleries, en t'avouant d'abord
qu'un mot élogieux, un mot surpris au départ
et destiné seulement à l'oreille d'un ami, avait
attiré son attention sur le voyageur. Il était assis
de l'autre côté de ma tante, et formait avec elle
le plus singulier contraste par la distinction
de ses traits, l'inspiration de son regard, l'élévation et la poésie de ses discours.

Ma pauvre tante, tu n'imaginerais jamais ce
que j'éprouvais en l'écoutant parler de ses

anecdotes de boutique et de ses ridicules superstitions. M. de Lancry la croyait ma mère,
et je ne puis me rappeler sans attendrissement
ni le soin qu'il prenait de rassurer mon amour-
propre en souffrance, ni ses attentions multi-
pliées pour des femmes qui, à ses yeux, n'é-
taient que deux petites marchandes. Ce que
j'ambitionnais, ce qui te paraissait une chimère,
encore une fois, je l'avais trouvé : j'étais aimée
pour moi-même, aimée avec le désintéresse-
ment le plus complet, le plus généreux. Je ne
te raconterai pas ici notre accident de voiture,
que tes correspondants de Saint-Brice n'ont
pas manqué de te faire connaître. Quel empressement! quelle sollicitude! ma bonne Clémence;
et plus tard, chez M. Simon, quel charme de
l'entendre plaider ta cause; car, j'ai regret de
le dire, sur une insinuation assez peu aimable
du vieux notaire, c'est lui, et non M. Frédéric,
qui se fit ton défenseur! Je te dois la vérité,
cher ange, et tout en reconnaissant chez ton
fiancé des sentiments affectueux, avec le désir
de te rendre heureuse, je ne puis m'empêcher
d'ajouter que sa compagne n'obtiendra jamais
de lui ce culte que M. de Lancry promet à la
sienne.

« Maintenant, un petit secret avant de finir.
Nous allions quitter Saint-Brice, et moi, tandis

qu'on attelait le cheval à la carriole du notaire, je m'étais oubliée, un livre à la main, dans le bosquet de lilas. Un nouveau hasard (je suis, en vérité, l'enfant gâté du hasard) conduisit de ce côté le jeune M. Simon et M. de Lancry ; il y eut là, à deux pas, une conversation assez courte, et qu'il me fallut entendre. M. de Lancry parlait de moi avec une admiration, un enthousiasme incroyables. Alors, et seulement alors, il apprit par ton fiancé que mademoiselle Grivar possédait près de deux millions. Il fut attéré... Je crus un moment qu'il allait s'enfuir et que je ne le reverrais de ma vie.

« Une délicatesse aussi exagérée pouvait causer notre malheur à tous les deux, et j'ai lieu de soupçonner M. Frédéric de le lui avoir fait comprendre. M. Léopold revint nous voir ; il osa parler, et ce matin il se croit le plus fortuné des hommes. Dix autres s'étaient déclarés avant lui, mais quelle différence! Ceux-ci ne savaient rien de moi, sinon que j'étais une riche héritière.

« Encore un mois, ma Clémence, et nous irons te demander ensemble au parloir. Au revoir donc, avec lui! »

Clémence relut trois fois cette lettre, en s'arrêtant particulièrement au passage qui regardait Frédéric Simon. Si bonne chrétienne que l'on soit, on est femme pourtant, et, tout en apportant son aumône et ses prières à l'œuvre de la Propagation de la Foi pour la conversion des idolâtres, qui ne s'arrangerait, parmi nos jeunes filles, d'un peu d'idolâtrie de la part d'un prétendu ? Heureuse Élodie ! Et nous dirions à notre tour : Malheureux Frédéric ! si ce dernier n'avait eu devant lui, pour se réhabiliter, deux années pendant lesquelles de nouvelles épîtres de l'héritière devaient détruire toutes les illusions de son amie. En attendant, M. de Lancry triomphait, et ce n'était pas assez de sa riche conquête, il fallait encore que le séduisant portrait du poétique jeune homme allât troubler dans son paisible couvent la pauvre Clémence. Celle-ci, malgré sa raison naturelle, éprouva pendant huit jours un éblouissement très-peu favorable aux bons habitants de Saint-Brice. Son amie, pensait-elle, avait trouvé là quelque chose de si rare et de si joli : Un Amadis au dix-neuvième siècle, le roman dans le mariage.

LA VOISINE.

LA VOISINE.

I

Je visitais avec un ami, sur les côtes du Léonais, une jolie habitation restée vide, qu'il se proposait de louer, pour y revenir en famille à la saison des bains de mer. Le notaire du lieu, chargé par le propriétaire absent de tous les arrangements à prendre, nous accompagnait. Nous l'avions déjà rencontré ailleurs. C'était un de ces hommes qui ont fait de la vie le meilleur emploi ; un de ces vieillards encore en pleine possession de la vivacité, de l'ardeur, j'allais dire de la poésie de la jeunesse ; et qui portent les années, si lourdes pour d'autres épaules, joyeusement, fièrement, comme on fait d'un drapeau sorti vainqueur de plusieurs batailles, et que les balles ennemies n'ont rendu

que plus glorieux. J'ai vu des jeunes gens de
vingt ans, se disant artistes, détourner, en bâil-
lant, des plus riches aspects de la nature un regard à demi-éteint, tandis que lui, presque oc-
togénaire et confiné la plupart du temps entre
les casiers chargés de paperasses d'une étude
poudreuse, il s'extasiait toujours, heureux et
charmé, sur les merveilles de la création. Si je
pouvais désigner ici autrement que par un nom
fictif le bourg où vivait depuis son berceau
maître Gervais, ceux qui ont traversé comme
nous Saint-Édunet conviendraient, du reste,
que sous le rapport de la grâce ou de la majesté
du paysage, le bon vieillard n'aurait pu mieux
choisir sa résidence. Il se plaisait lui-même à
nous le faire remarquer des fenêtres de la maison que nous parcourions ensemble.

— Quoi de plus ravissant, s'écriait-il, que
cette riante vallée, ce nid de verdure, blanchi
seulement, çà et là, par les fleurs de l'aubépine!
Quoi de plus beau que cet océan dont les vagues bleues roulent devant nous sur la plage
et se perdent au loin dans l'immensité, confon-
dues avec l'azur d'un beau ciel!

Ces paroles enthousiastes ne nous trouvaient
pas indifférents, et mon ami surtout, jusqu'a-
lors étranger à la Bretagne, ne se lassait pas
d'admirer les vagues blanches d'écume qui, pa-

reilles à des cavales aux longs crins, semblaient
se poursuivre dans les jeux du cirque, et bon-
dissaient en rond autour des écueils. Un tel spectacle le rendait indulgent pour la distribution
des pièces, assez mal ordonnée suivant lui, et
l'abandon dans lequel un locataire insouciant
avait, depuis longtemps, laissé le jardin. On
était au moment de conclure, lorsqu'une idée
subite obscurcit le front de mon compagnon de
voyage.

— Quelle est, dit-il, cette petite maison qui
touche à celle-ci et dont une fenêtre au moins
domine tout l'enclos? Je n'y avais pas songé
d'abord, mais je m'aperçois que, grâce à cette
fenêtre, le docte personnage qui ne désirait rien
tant qu'une maison de verre, serait ici le plus
satisfait des originaux. Pour ma part, je pense
différemment, et sans avoir rien à cacher dont
je puisse rougir, j'aime l'abandon du chez soi,
abandon qui n'existe jamais dans sa plénitude
lorsque des regards étrangers vous suivent et
contrôlent tous vos mouvements.

Maître Gervais ne le laissa pas achever.

— Si la question du voisinage, répliqua-t-il,
est la seule qui vous arrête, vous ne trouverez
nulle part aussi bien qu'ici. La petite maison est
occupée par mademoiselle de Kerizal, qui vit
seule, et n'a pas moins de cinquante-cinq ans.

Mon ami poussa un cri d'effroi, et d'un ton
de reproche, moitié sérieux, moitié ironique :

— Comment, reprit-il, vous avez eu la franchise de me prévenir que l'une des caves est hu-
mide, que la cheminée du salon fume par les
gros temps, et le pire inconvénient, à mes yeux,
vous le passez sous silence !... L'œil d'une
vieille fille ouvert sur mon intérieur ! Ah ! monsieur, que vous ai-je fait pour me réserver une
calamité pareille ? C'est aux vieilles filles, sa-
chez-le bien, et particulièrement aux dévotes,
comme l'est, sans aucun doute, mademoisolle
de Kerizal, que Massillon reprochait, dans un
de ses plus beaux sermons, de cacher sous les
apparences du zèle religieux un fond de légèreté, d'inquiétude, de malignité et d'orgueil.
Pour mon malheur, j'en ai déjà rencontré deux
ou trois en ce monde, et j'ai pu faire à loisir des
études fort instructives sur le caractère de la
femme demeurée froidement en dehors des liens
les plus doux de la famille. Cet isolement, s'il est
volontaire, dénote la sécheresse du cœur ; et s'il
ne l'est pas, quelle rancune secrète il laisse deviner contre tous les hommes solidairement
coupables d'un tel abandon ! La voisine ! je la
vois d'ici, lunettes sur le nez, passant des journées entières en observation derrière son rideau,
pour surprendre mes imperfections, qu'elle

voudra recommander aussitôt aux prières de
toute la paroisse. Ce n'est pas tout : que je le
veuille ou non , le désœuvrement et la curiosité la conduiront chez moi; pas un jour
ne s'écoulera sans m'imposer cruellement son
roquet, son tricot, sa tabatière, sa langue infa-
tigable, et, comme une feuille de tremble, toujours en mouvement! Monsieur Gervais, encore
une fois, ne parlons plus de nous entendre , et
puisque Thémistocle croyait faire valoir sa maison en publiant partout qu'elle avait de bons
voisins, ne vous montrez pas loyal à demi, ajou-
tez à vos affiches un aveu sincère au sujet de la
vieille fille.

La boutade que je viens de rapporter ne sera
nouvelle pour personne, et cependant le vieillard y parut sensible.

—Monsieur , dit-il en essayant de sourire ,
mais visiblement attristé, vos jugements ou plutôt les jugements du monde qui parle comme
vous, me paraissent un peu sévères, et j'aurais
beaucoup à répondre si , reprenant une à une
vos accusations trop générales , j'entreprenais
aujourd'hui de les réfuter. Faisons mieux : je
vous nommais tout à l'heure mademoiselle de
Kerizal; son histoire, si vous voulez bien l'é-
couter, aura plus d'intérêt pour vous que l'ennuyeux plaidoyer d'un septuagénaire.

11

Il n'y avait pas à reculer. Un banc avait été
oublié dans la maison ; nous nous y assîmes
tous les trois après l'avoir transporté dans une
chambre haute d'où l'on découvrait à la fois les
dunes couvertes de joncs marins, et, plus rap-
prochées du nous, au-dessus d'un bois taillis qui
s'enfonçait au creux du vallon, les tourelles et
les cheminées gothiques d'un vieux manoir.

II

— La famille de Kerizal, commença maître
Gervais, habitait encore, à l'époque dont je vais
parler, son antique demeure que je puis vous
montrer d'ici. Le chef de cette famille était un
homme singulier, d'une activité prodigieuse
pour les expériences les plus folles, les inven-
tions les plus bizarres ; mais d'une paresse in-
curable lorsqu'il s'agissait de réformes utiles,
de travaux sérieux et productifs. Politique, mé-
canicien, chimiste, il employait tour à tour ses
facultés transcendantes à charger de notes les
marges de la *Quotidienne*, que son jardinier
seulement lisait après lui ; à confectionner des
piéges à taupes d'un genre nouveau ; à perfec-
tionner un engrais de son invention, et dont le

premier avantage était d'occasionner une dépense au moins quadruple du produit qu'on pouvait en retirer. Ces occupations importantes ne l'empêchaient pas d'écrire des mémoires sur toutes sortes de sujets, et particulièrement sur les colonies agricoles. A court d'argent, et toujours disposé à de nouveaux emprunts, il laissait tout péricliter dans la maison, sans plus de souci que si ses deux filles et lui n'avaient eu qu'un jour à vivre. Privées de leur mère, Hélène et Céline ne le voyaient chaque année qu'au temps des vacances, et, même alors, il leur permettait volontiers de passer au moins trois semaines sur quatre chez la marraine de l'une d'elles, madame de Plomenec, avec laquelle, pour son compte, il ne voulait plus avoir aucune relation. Cette situation se prolongea jusqu'au moment où madame la supérieure de *** écrivit une lettre un peu vive, en réclamant avec instance, ce qui n'arrivait jamais, le prix de la pension. Le châtelain fut indigné de tant de hardiesse; il paya, mais le messager qui porta la somme reçut l'ordre de ramener immédiatement les deux sœurs.

Je crus d'abord que la présence de ses enfants à son foyer porterait M. de Kerizal à réfléchir, et profiterait ainsi aux intérêts de toute la famille. Il n'en fut rien; certains caractères sont tellement en dehors de la raison et de la prudence, que les liens les plus sacrés , comme les situations les plus graves, n'ont sur eux aucun pouvoir. Le châtelain continua gaîment ses emprunts et ses puériles amusettes, se moquant lui-même de celles-ci, lorsqu'il les abandonnait les unes pour les autres , après leur avoir sacrifié la meilleure partie de ses biens. On eût dit cet Alnaschar des contes arabes, troquant son héritage contre un panier plein de verres, de bouteilles, d'autres objets fragiles, rêvant sur la vente de ces objets d'immenses richesses, et brisant ensuite toute sa marchandise d'un seul coup de pied.

La position gênée de M. de Kerizal n'était bien connue que de moi, son homme d'affaires, et plus d'une fois j'osai lui soumettre des observations sur la façon dont il comprenait ses devoirs de tuteur. Comment ne pas gémir, en effet, en le voyant toujours prêt à renouveler, au nom de ses filles et avec les conditions les plus défavorables pour elles, de longs baux à ferme, du moment que, suivant l'usage du pays, le fermier consentait à lui payer de suite une somme importante dont l'acte notarié ne faisait, bien entendu, aucune mention? Engager l'avenir n'était rien pour lui. Absorbé par la réfutation d'un discours que lui faisait connaître son journal ou l'invention d'une machine insignifiante, il ne prêtait aucune attention à mes raisonnements les meilleurs.

— Oui, mon bon ami, disait-il, nous penserons à cela.

Je le quittais, et si le malheureux gentilhomme avait réellement écouté quelques-unes de mes paroles, moi parti, il les oubliait aussitôt comme il oubliait ses enfants, comme il oubliait ses dettes.

Je ne vous ai pas encore parlé des familiers du manoir parmi lesquels j'étais le moins assidu, ne paraissant guère que dans la soirée du dimanche pour tenir la quatrième place dans une partie de boston ou de reversis. Les autres joueurs étaient, avec le maître du logis, le docteur Lambert, et le juge de paix Grapin. Chacun d'eux mérite un portrait.

Le docteur était maigre, pâle, voûté, et d'un aspect si râpé, si misérable et nécessiteux, qu'il vous aurait donné l'envie d'être malade pour trouver un moyen honnête de venir en aide à sa détresse, en lui procurant le prix d'une consultation. Sa femme ne pouvait qu'ajouter par ses yeux rouges et son teint livide à ce mouvement généreux; et leur fils unique, Alcibiade, n'eût pas manqué de porter le dernier coup à votre sensibilité par ses pantalons trop courts, et le manteau étriqué, d'un gris sale, d'une forme incroyable, qu'il avait presque en tout temps sur les épaules. On les eût pris tous les trois pour les premiers-nés de la Mort et de la Faim, pour me servir de l'expresion d'un poëte anglais. Un seul pourtant était à plaindre, et c'était le jeune garçon. Les autres souffraient aussi, mais ils souffraient de cette pauvreté volontaire et peu méritoire qu'on nomme l'avarice.

Autant la mine piteuse du médecin était faite pour inspirer de la compassion, autant le regard joyeux, la bouche souriante, la face rubiconde du juge de paix provoquaient la bonne humeur. Il était le favori du châtelain, qui l'engageait à dîner deux ou trois fois par semaine et riait bruyamment à ses chansons. Grapin était poëte, ou du moins il prenait ce titre, qu'il essayait de justifier par des bouquets de fête, des couplets de baptême, des épithalames, qui lui valaient, à plus de dix lieues à la ronde, des applaudissements unanimes et de gais repas. M. de Kerizal n'avait pas inspiré moins de treize morceaux à la verve intrépide du chansonnier de village. C'était beaucoup pour le personnage tant de fois célébré; c'était peu pour l'ingénieux M. Grapin, qui, mettant à profit la vanité de l'amphitryon, lui demandait et en obtenait, à chaque nouvelle inspiration poétique, de petites

sommes de trente, quarante, cinquante francs,
fort utiles au tran-tran de son ménage.

Lambert n'avait pas la moindre confiance
dans la solvabilité du poëte-magistrat, aussi ne
perdait-il aucune occasion de prémunir le châtelain contre les vers adulateurs et intéressés du
parasite. M. de Kerizal s'amusait de ces aver-
tissements. Qu'était-ce donc que trois ou quatre
louis, pour les refuser à un ami dans le besoin?
L'avare est toujours en soupçon, en craintes, et
le pauvre homme ne s'aperçoit pas qu'il est lui-
même son propre voleur! — C'était fort bien
dit; seulement le docteur ne pouvait oublier
qu'il avait une somme importante hypothéquée
sur le manoir du prodigue, et l'insouciance fan-
faronne de ce dernier ne faisait qu'ajouter à ses
inquiétudes.

Guidée par les conseils de madame de Plomenec, Hélène avait essayé de ramener l'ordre
et l'économie dans la maison paternelle. Ses
tentatives, au moins sur les points les plus im-
portants, étaient demeurées presque infruc-
tueuses. Libres de toute surveillance depuis la
mort de madame de Kerizal, et gâtés par un
maître qui, en se prêtant à tous les gaspillages,
semblait vouloir dédommager ses domestiques
de ce qu'il ne les payait pas, ceux-ci se montraient peu disposés à se laisser diriger dans un

sens contraire à leurs habitudes par une jeune fille de vingt ans. Il fallait même la douceur et la bonté de cette dernière pour avoir obtenu quelque chose des moins dissipés sans provoquer parmi les autres une insurrection générale. Une révolte suivie de désertion n'eût pas mal servi, d'ailleurs, les intérêts du châtelain. Le manoir était encombré de serviteurs inutiles. Entrait et restait qui voulait. Moitié bonté naturelle, moitié insouciance, M. de Kerizal n'aurait su refuser à personne ni un morceau de son pain ni un abri sous son toit.

L'éducation de Céline, achevée par sa sœur, de quatre ans plus âgée qu'elle, avait mieux réussi que les plans de réformes dont je viens de parler. Heureusement douée par le ciel qui lui avait donné à la fois esprit et beauté, Céline était bien, à dix-sept ans, la plus ravissante jeune fille que j'aie jamais vue à aucune époque de ma longue vie. Tout feu, tout cœur, toujours en mouvement, la Joie du manoir, comme on l'appelait, formait un charmant contraste avec Hélène, dont la physionomie pensive et la gravité précoce excitaient un intérêt différent. Contenir l'élan trop soudain, tempérer l'ardeur, prémunir contre les déceptions et les regrets tardifs, telle était la préoccupation constante de la sœur aînée à l'égard de la jeune âme confiée à sa

surveillance. Cela se remarquait surtout dans
les œuvres de charité qui prennent une si large
part de la journée de nos pieuses châtelaines.
Le premier mouvement de Céline était de verser
dans la main du pauvre le contenu de sa bourse,
sans mesure comme sans examen. Hélène, au
contraire, étudiait les besoins pour les mieux
soulager, et, par une sage distribution de ses aumônes, faisait infiniment plus de bien avec
moins de ressources. Madame de Plomenec, sa
marraine, et autrefois l'amie de sa mère, lui avait
donné l'exemple de l'ordre dans la générosité et
le dévouement. Nulle part mieux qu'à Plomenec, notre bonne vieille noblesse de Bretagne
ne se montrait avec ses qualités dominantes, ses
vertus antiques, qui, en dépit de tous les déni-
grements, en ont fait presque partout le premier
appui du pasteur, le recours assuré du malade,
de l'affligé et de l'indigent. Le mot noblesse m'a
fait quelquefois sourire, appliqué à certains
gentilshommes de cour, mais généralement ici,
dans nos campagnes, ce mot a conservé sa valeur, du moins en ce qui concerne les chefs de
famille et *la demoiselle du manoir.*

La demoiselle du manoir n'existait point à
Plomenec, et je demandais parfois à l'unique
héritier de ce nom si ce n'était pas pour se consoler de l'absence d'un être si charmant et si es-

11.

sentiel, que le plaisir de la chasse le ramenait
aussi fréquemment dans les bois de Kerizal. Le
prétexte avoué était la poursuite d'un lièvre dans
la compagnie du châtelain, mais le but réel,
qui ne l'aurait pas deviné quand les deux chas-
seurs, au retour, retrouvaient à l'entrée de l'a-
venue Hélène et Céline ? Très-empressé auprès
des deux sœurs, le bon Félicien avait pour la
dernière des attentions plus marquées, et que
le juge de paix trouvait significatives.

Observez bien, disait-il, comme aux moin-
dres saillies de la fillette, on rit des lèvres et des
yeux ; comme on lui parle avec entrain, avec
abandon ! Signe de mariage, mon cher ; signe
de mariage !

Je secouais la tête : une familiarité si tranquille attirait beaucoup moins mon attention
que l'extrême réserve de Félicien à l'égard
d'Hélène :

— Paroles embarrassées et confuses, pensais-
je à part moi ; air contraint, gêné, digne d'un
conscrit ou d'un écolier pris en faute ! Ah !
monsieur Grapin, vous avez tort ; c'est ici qu'il
faudrait vous écrier : Signe de mariage !

Mes suppositions devaient bientôt se changer
en certitude.

Un jour, notre chasseur se présenta chez
moi ; il venait me parler affaires au sujet d'un

coin de prairie appartenant à M. de Kerizal, et
que sa mère, pour des raisons de convenance
qui vous intéresseraient peu, désirait vivement
acquérir. La bonne dame ne voulait pas traiter
directement avec le châtelain, assez mal disposé pour elle, depuis qu'à la suite d'un long
entretien rempli de conseils fâcheux et d'aver-
tissements pénibles, il était sorti furieux, et
pour n'y plus rentrer, du manoir de Plomenec.
Félicien se trouvait alors à Rennes pour y faire
son droit, car il se destinait d'abord au bar-
reau, et ce ne fut qu'à la mort de son père qu'il
revint au pays partager le deuil de la veuve, et
prendre la direction de travaux agricoles de
quelque importance. Étranger aux discussions
de sa famille, et trop jeune pour se permettre
des observations importunes, le fils ne parut
point responsable du zèle indiscret de la mère,
et le plus cordial accueil l'attendait toujours à
Kerizal. Seulement, par une convention tacite, un nom n'était jamais prononcé de part
ni d'autre, et c'était ce nom-là qu'il me fallait
taire en m'informant de notre voisin, s'il ne
vendrait pas volontiers le petit pré en question.

— Eh! mon cher monsieur, m'écriai-je
d'un air enjoué que mon intimité avec les
deux familles autorisait suffisamment ; il faudra
pourtant bien que la paix se fasse un jour ou

l'autre, entre Plomenec et Kerizal. Cette fois
encore il ne s'agit que d'une pièce de terre, et
l'on peut arriver au but en prenant un chemin
de traverse; mais plus tard, quand vous aurez
choisi entre les deux héritières !

Félicien rougit et détourna les yeux en bal-
butiant des mots inintelligibles. C'était, je crois,
une espèce de négation. Amusé de son embarras, j'insistai de nouveau.

— Eh bien! reprit-il en rapprochant son
fauteuil du mien, tandis que sa voix tremblait
d'émotion et prenait ce ton confidentiel, qui
montre que le cœur va s'ouvrir; vous avez deviné juste, monsieur Gervais, excepté sur un
seul point, car le choix n'est plus à faire.

— Céline est une poétique jeune fille, répliquai-je en vrai sournois. Quelle expression
dans ses traits si purs et si doux! Quel accent
de sincérité dans sa parole! Comme son âme
est bien sur ses lèvres avec sa pensée sans voile,
et qui, vraiment, n'en a pas besoin !

M. de Plomenec souriait et baissait les yeux :
— Vous avez raison, monsieur Gervais, cette
enfant est un trésor de bonté et de droiture;
mais sa sœur aînée, mais Hélène!... Ah! je
sais bien que la beauté d'Hélène a moins d'é-
clat, ou plutôt je ne sais rien autre chose que
l'aimer, que l'admirer telle que le bon Dieu l'a

faite. Avez-vous jamais rencontré un regard comme le sien? C'est la candeur et la franchise des beaux yeux de Céline, avec quelque chose de plus élevé, de maternel, une autorité céleste, qui vient d'un grand cœur. Il y a dans ce regard, limpide et profond, l'assurance d'une vie entière de vertu, de dévouement et de sainteté. Voulez-vous savoir pourquoi j'hésite à me prononcer? pourquoi, uniquement occupé d'elle, je me suis demandé plus d'une fois si l'autre jeune fille, devenue ma compagne, ne me rendrait pas plus heureux? Mon ami, avez-vous jamais réfléchi sur l'abîme de contradictions et de misères caché en nous? Je me sens petit devant mademoiselle de Kerizal, et tant de supériorité m'épouvante. Je recule à l'idée de lui promettre aide et protection, convaincu comme je le suis qu'en toute circonstance son courage surpasserait le mien, sa raison éclairerait la mienne. Au lieu de la soutenir, je serais soutenu par elle, et cette pensée me trouble et m'humilie. Je voudrais être chêne et servir d'appui à moins fort que moi; ici, je ne serai jamais qu'un lierre parasite.

L'entretien devenait sérieux. Je n'avais pas alors soixante-quinze ans, et le dernier aveu de Félicien me confondait. J'ignore si La Rochefoucauld, qui a si bien connu les secrets les mieux cachés de toutes les vanités humaines, a révélé les perplexités de l'amour-propre aux prises avec l'admiration sincère qu'inspirent le beau et le bien. J'essayai de rassurer mon jeune ami en lui déclarant que toutes les perfections d'Hélène n'empêcheraient pas son mari de découvrir en elle au moins un petit défaut pour le consoler. Félicien n'en voulait rien croire.

— Non, disait-il, et, dans tous les cas, ce ne serait pas une consolation, car je préfère encore, au désenchantement, la conscience de mon infériorité. D'ailleurs, je me demande aussi, pour réveiller ma confiance, comment l'époux d'une telle femme pourrait la voir et l'entendre à toutes les heures, sans trouver en lui des forces nouvelles. Quoi qu'il en soit de mes réflexions, mon parti est arrêté, et je n'attends aujourd'hui, pour me déclarer, que le consentement de ma mère.

— Mais, continuai-je, j'espère que vous l'avez ce consentement.

— Pas encore, monsieur ; ma mère hésite à son tour, effrayée par les dilapidations de M. de Kerizal et les embarras qui le menacent. Plusieurs sont persuadés qu'il a dévoré maintenant toute sa fortune personnelle, et que celle de ses enfants n'est pas en sûreté entre ses mains. Le mariage d'Hélène l'obligerait à rendre des comptes trop différés, qui pourraient amener des complications de la nature la plus délicate; il faudra pourtant·bien y arriver, et, au train dont il va, le plus tôt sera le mieux.

Je partageais entièrement l'opinion de M. de Plomenec sur l'avantage qu'il y avait pour les deux sœurs à sortir, sans plus de retard de la situation présente, et je lui promis de m'employer sérieusement auprès de sa mère pour la décider à la démarche qu'il désirait. Il était temps : je savais que le bruit de la ruine de M. de Kerizal se répandait dans le pays, et que ses créanciers s'interrogeaient les uns les autres avec stupeur. Le subrogétuteur des jeunes filles, vieillard impotent, et retenu par ses infirmités à vingt lieues d'ici, averti par la rumeur publique, m'avait envoyé sa procuration pour arriver à l'émancipation de Céline aussitôt que les comptes de tutelle seraient enfin remis à sa sœur, majeure depuis plus d'un an. Le châtelain ignorait tout cela ; il m'en coûtait beaucoup de lui en parler, et pourtant je pris la résolution de le faire, en portant à sa connaissance la proposition que j'étais chargé de lui transmettre. Pour la dernière fois, je devais le trouver encore dans un accès de belle humeur. Voici à quelle occasion.

En vous faisant tout à l'heure le portrait du

docteur et de sa famille, j'ai prononcé le nom d'Alcibiade, et mentionné, en même temps, certain manteau gris qui lui pesait autant sur les épaules que le vieillard de la mer sur celles de l'aventureux Sinbad le Marin. La comparaison est d'autant plus juste que le jeune garçon ne faisait pas moins d'efforts pour se débarrasser de l'odieux vêtement, que le matelot arabe pour délivrer son échine du personnage importun qui s'y cramponnait avec une ténacité si désolante. Vieillard et manteau ne se détachaient point aisément, et, pour ne parler que du dernier, il attirait tellement l'attention de tous, qu'on se le montrait comme une curiosité très-divertissante partout où il paraissait. Des rires étouffés l'avaient accueilli d'abord; puis les quolibets étaient venus ; puis, dans une occasion solennelle, au milieu d'une foire, dans la ville la plus voisine, les écailles d'huître et les trognons de pomme. Épouvanté de la vertu attractive de son manteau sur ces projectiles, Alcibiade avait supplié ses parents de l'en délivrer ; mais, à cette prière audacieuse, père et mère avaient jeté les hauts cris. Un soir donc, qu'un nouvel échec venait de l'affliger pour la même cause, le fils du médecin se présenta tout en larmes à Kerizal.

— Monsieur, dit-il, cachez-moi cette nuit, et

demain faites-moi conduire à Brest, où je veux
m'embarquer mousse, n'importe sur quoi, pour
aller en Chine. Ce n'est que là, voyez-vous, là
seulement, que je pourrai me débarrasser de
mon manteau.

— Au fait, il est drôle ton manteau, répondit M. de Kerizal.

— Si drôle, monsieur, répliqua l'écolier en
pleurant plus fort, si drôle que M. le curé lui-
même n'a jamais pu le regarder sans rire.

Et là-dessus le jeune garçon raconta les
avanies qu'il avait essuyées, et ses tentatives
inutiles pour échapper aux rigueurs du sort.
D'abord, voyant que ioses supplicatns n'obte-
naient rien, il avait essayé, en déposant sur l'é-
chalier du cimetière l'affreux manteau, tandis
qu'il allait jouer au palet à deux cents pas, de
tenter la probité d'un mendiant étranger à
figure suspecte. L'affaire commença bien : du
coin de l'œil, Alcibiade suivait déjà l'objet dé-
testé sous les guenilles du vagabond, quand
le zèle indiscret du garde champêtre vint tout
gâter par une arrestation maladroite. Donné
en aumône à un bateleur, transporté à la nage
sur un écueil que couvrait la mer à marée
haute, le manteau gris était revenu à son maître, reconnu la première fois par madame Lambert, survenue à contre-temps, et rapporté une

seconde fois par un pêcheur, tout glorieux de
son coup de filet. Après d'autres essais aussi in-
fructueux, le matin même du jour où il se présentait ainsi désolé au manoir, il s'était flatté un
moment d'avoir enfin réussi dans sa difficile
entreprise. Il avait remarqué un clou très-me-
naçant entre la salle à manger et la cuisine. —
Bon! dit-il, — et feignant un empressement
tout filial pour obéir à un appel de son père, il
part comme un trait, accroche l'étoffe, tire,
court, et met le vêtement en trois morceaux.
M. Lambert indigné soufflette son fils qui, après
tout, méritait la correction. — Allons, allons,
dit la mère plus cruelle encore dans son in-
dulgence apparente, ceci n'est qu'un accident
involontaire, et je me charge de réparer demain le désastre sans qu'il y paraisse, au moyen
de mes plus belles reprises.

Le châtelain s'amusa beaucoup de ce récit,
et promit au fils du docteur de lui donner un
manteau neuf, à la seule condition que l'ancien, orné des reprises de madame Lambert,
serait apporté mystérieusement à Kerizal, la
semaine suivante. Alcibiade n'eut garde de
manquer au rendez-vous, et ce fut une joie
pour lui de laisser, après l'échange opéré, le
vêtement de malheur couvrir les épaules d'un
mannequin destiné à effrayer les oiseaux. Ce

soir-là le docteur devait dîner au manoir, et l'aventure avait été mise en chanson par le juge de paix qui voulait la lui chanter au dessert.

— Il faut donner une leçon à ce grigou, répétait le gentilhomme en se frottant les mains.

Il oubliait que le grigou était l'un de ses créanciers.

Je le lui rappelai en le prenant à part un instant dans l'embrasure d'une fenêtre, et le suppliai, en même temps, de renoncer à la dangereuse plaisanterie dont sa légèreté railleuse se promettait le plus vif plaisir. Impossible d'insister beaucoup et d'entrer en explication à deux pas du juge de paix, qui fredonnait ses couplets d'une voix chevrotante.

— Bah! poltron! répondit tout haut M. de Kerizal; et, me tournant le dos pour aller rejoindre le magistrat chansonnier : — A demain les affaires, maître Gervais! Dînez avec nous ce soir, mon ami ; prenez votre part du spectacle, et demain je promets de vous écouter du lever au coucher du soleil, si vous le jugez nécessaire.

— Après tout, disait Céline qui voyait mon inquiétude sans la partager, son ignorance de l'état des choses ne lui permettant pas d'apprécier, comme moi, les conséquences probables de la mystification, tant pis pour le docteur, si la musique et l'épouvantail n'étaient pas de son goût.

— J'ai peur que ce ne soit tant pis pour d'autres, balbutia Hélène. Seule, dans cette famille, elle comprenait qu'on jouait, en ce moment, avec un danger sérieux. Ses regards m'interrogeaient tristement ; et je la vis porter la main à sa poitrine, comme si elle eût voulu comprimer les battements de son cœur, lorsque M. Lambert parut dans la cour.

Celui-ci, comme Jupiter tonnant, avait le front chargé de nuages. Sa longue intimité avec M. de Kerizal le gênait singulièrement depuis qu'il ne rêvait plus, à l'égard de l'imprudent débiteur, que significations par huissier, saisies mobilières et immobilières. Avant de commencer les poursuites, une rupture l'arrangeait au mieux. Il entra donc, d'un pas magistral, dans la salle de réception, et jetant aux pieds du châtelain le manteau neuf qu'il avait sous le bras :

— Monsieur, dit-il, où est le manteau de mon fils ?

M. de Kerizal s'attendait si peu à cette question faite du ton le plus impérieux, qu'il ne sut d'abord que répondre. Le docteur répéta les même paroles en élevant encore la voix.

— Ah ! vous le prenez ainsi ! répliqua enfin

le gentilhomme qui devint pâle de colère; je ne
voulais que plaisanter un instant entre vieux
amis, comme nous l'avons fait tant de fois;
mais du moment qu'il vous plaît de vous fâ-
cher, je vous déclare que cela m'importe fort
peu. Tenez, monsieur, regardez là-bas, au beau
milieu du verger; le vêtement grotesque que vous
réclamez avec tant de hauteur y tient parfaitement sa place avec le chapeau de mon jardinier
et le parapluie en lambeaux de ma cuisinière.

Ces paroles méprisantes et irréfléchies étaient
bien faites pour amener une déclaration de
guerre.

— Prenez garde! s'écria le médecin en frappant du poing la table, l'heure approche où,
abandonné à vos seules ressources, vous pourriez savoir par expérience tout le prix d'un vieux
manteau!

— Des menaces, monsieur! des menaces chez
moi!

— Chez vous? répondit Lambert, en êtes-
vous bien sûr? Du reste, c'est une question que
je tiens à éclaircir sans plus de retard.

Je cherchai à m'interposer dans ce pénible
débat. Ni le docteur, ni M. de Kerizal ne voulaient m'entendre. Le dernier changeait de couleur et ses yeux lançaient des éclairs:

— Oui, monsieur, quoi qu'il arrive demain,

je suis encore chez moi aujourd'hui, et si vous ne sortez à l'instant, je saurai vous y forcer 'en usant de mon droit, et en vous faisant chasser par mes domestiques.

Le docteur sortit, mais ˉavant de s'éloigner il s'arrêta sur le seuil, et avec un geste trop éloquent :

— A demain, dit-il, à demain !...

Un silence lugubre suivit sa retraite. M. de Kerizal demeurait immobile, les yeux fixés sur la porte vers laquelle le juge de paix se glissait doucement, essayant pour la première fois d'échapper à un dîner. Les deux sœurs se tenaient dans un coin, muettes de terreur. Moi-même, j'étais sous l'impression que nous laisse un premier coup de tonnerre quand le ciel est chargé d'orage.

Le juge de paix avait disparu. Je priai les deux jeunes filles de me laisser seul avec leur père, et j'osai parler.

Cette fois, je fus écouté avec la plus grande attention.

Quand je me tus, il savait tout, les bruits répandus dans tous les environs sur le mauvais état de sa fortune, les craintes de ses créanciers, les soupçons mêmes de ses proches sur la fidélité de sa gestion comme tuteur de ses enfants. Il fut terrifié à son tour, et cet homme qui, tous les jours depuis deux ou trois ans, devait s'attendre à une catastrophe, ne s'y trouva pas mieux préparé que si la situation pleinement satisfaisante de ses affaires avait pour lui, jusque-là, garanti l'avenir contre tous les coups du sort.

Malgré son incurie, sa légèreté et la pauvreté de son jugement, M. de Kerizal avait un sentiment très-vif de l'honneur.

— Calomnier un père! s'écriait-il amèrement; le supposer capable de trahison et de vol à l'égard de ce qu'il aime le plus au monde! oh! voilà ce que je n'aurais jamais cru possible, et ce que je ne puis jamais supporter! Nous saurons bientôt si vous avez raison de penser que le remboursement intégral de mes dettes absorbera tout ce que je possède; ce que j'affirmerai, du moins, dès à présent, c'est que, fussé-je réduit à la dernière indigence, mes engagements seront tous remplis, et que personne, non personne, n'aura le droit de suspecter plus longtemps ma loyauté.

Le lendemain et les jours suivants, les réclamations de toutes sortes pleuvaient au manoir. Les créanciers étaient plus nombreux que je ne l'avais supposé d'abord et que l'oublieux châtelain ne le croyait lui-même. A mesure que nous avancions ensemble dans l'examen de sa situation, sa confiance première recevait de nouveaux échecs. L'estimation la plus favorable de ses biens, même en se montrant peu rigoureux sur le chapitre si délicat des comptes de tutelle, le laissait fort en arrière de ses obligations. Tout vendu, tout sacrifié, y compris l'antique demeure de sa famille, restait une somme de quarante mille francs qu'il n'avait plus aucun moyen de rembourser.

— Je suis perdu, déshonoré, répétait le malheureux gentilhomme avec un accent de douleur qui ferait sourire aujourd'hui tant de banqueroutiers célèbres, tant de grands seigneurs de la Bourse, si habiles à sauver le cheval lorsque, par aventure, ils ont embourbé la charrette. M. de Kerizal ne l'entendait pas ainsi : réveillé d'un trop long sommeil, il pleurait de honte à l'idée de l'opprobre qui, suivant lui, allait s'attacher désormais à son écusson.

Sa fille aînée le surprit dans un de ces accès de désespoir; je vous l'ai dit, elle était majeure, ses comptes lui avaient été remis la veille, et ce qu'elle fit, vous l'avez deviné déjà.

— Mon père, dit-elle, Céline est une enfant, nous espérons la marier un jour, et, ni vous ni moi ne voulons rien ôter à sa dot. Plus libre, je puis disposer aujourd'hui de ce qui m'appartient, et, les quarante mille francs payés, il nous

en restera vingt mille encore à vous et à moi
pour subvenir à nos besoins. Nous ne pouvons
songer un instant à conserver le manoir, mais
nous choisirons au bourg une petite maison d'un
prix moins élevé, et là, comme nous n'aurons
plus de domestiques, vous permettrez à votre
Hélène de vous servir fidèlement. Vous avez
toujours aimé les pauvres; aucun ne s'en re-
tournait les mains vides en sortant d'ici; eh bien,
si nous n'avons plus que peu d'argent à leur
donner, nous irons les voir plus fréquemment,
plus amicalement, et nous trouverons bien tous
les deux, tous les trois, tant que nous aurons
Céline, l'occasion de les aider d'une autre manière. Consolez-vous donc, mon père chéri,
mon père bien-aimé, et ne mettez pas ainsi vos
mains sur vos yeux pour cacher vos larmes. Au
lieu de m'attrister comme vous, je suis plutôt
tentée de me réjouir, persuadée que, dans la vie
nouvelle qui nous attend, la gêne, si elle vient,
sera compensée largement par des soins mu-
tuels et une affection plus profonde.

M. de Kerizal ne pouvait répéter sans attendrissement les douces paroles de sa fille, et,
comme lui, j'étais ému moi-même en les trans-
mettant par écrit, l'instant d'après, à madame de
Plomenec. Celle-ci avait un noble cœur; aussi,
dans la réponse qu'elle m'adressa le même jour,

je vis, sans beaucoup de surprise, que la détresse de son ancien ami et le dévouement d'Hélène avaient entièrement changé ses premières résolutions. Après tout, me disait-elle en terminant sa lettre, parlez de moi au manoir, parlez de mon fils, et faites-nous savoir à tous les deux si l'on veut bien nous accueillir avec faveur, et comme des gens qui ne désirent rien tant, croyez-le bien, que de faire bientôt partie de la famille.

Je communiquai l'épître au châtelain.

— Excellente femme, dit-il, et, pour éviter ses conseils, qui m'auraient sauvé, j'ai renoncé à son amitié courageuse! Où sont maintenant ceux qui l'ont remplacée sous mon toit? Le docteur! vous savez avec quelle rigueur il me poursuit; et ce juge de paix, ce misérable!

M. de Kerizal m'indiquait du geste un paquet de brochures sur lequel était un billet ouvert. M. Grapin lui déclarait qu'ayant besoin de toute son indépendance de juge dans les circonstances présentes, la délicatesse lui faisait un devoir de s'acquitter au plus tôt. Il envoyait donc résolûment au gentilhomme, pour payer sa dette, un millier d'exemplaires de sa traduction en vers des Psaumes de la Pénitence, ce qui, à dix centimes le psaume, donnait un total de dix-sept cents francs. Un abonné de la *Quoti-*

dienne, en s'aidant de quelques annonces, trouverait facilement des acheteurs pour une œuvre
poétique de cette importance. Le magistrat de
village terminait là son billet. Il ajoutait seulement en *post-scriptum* qu'il attendait une quit-
tance définitive en retour de tous ses *miserere
mei, Deus* et de tous ses *de profundis.*

Le châtelain appela sa fille aînée, et du ton
le plus affectueux :

— Tes plans d'avenir, mon enfant, sont tous
remis en question, et je laisse à notre ami le
soin de te dire pourquoi. Pour remplir mes devoir d'honnête homme, j'ai pu consentir à te
dépouiller des deux tiers de l'héritage de ta
pauvre mère, mais c'est assez de sacrifice, c'est
même beaucoup trop. Que, dans les familles
d'ouvriers, le père, après avoir longtemps tra-
vaillé pour ses enfants, accepte d'eux, à son tour,
le pain qu'il ne lui est plus permis de gagner,
rien de plus juste. Pour moi, il n'en saurait être
ainsi : j'avais deux filles; je ne me suis jamais
imposé dans leur intérêt ni occupations utiles
ni privations d'aucune espèce, et je sens qu'il y
aurait lâcheté aujourd'hui à vivre en oisif à leur
foyer, au moyen de leur dernier sac d'écus. Ce
qu'il me faut maintenant, c'est un emploi, et
peu m'importe lequel, pourvu qu'il suffise à
mes besoins. En émigration, nous faisions un

peu de tout sans rougir ; je recommencerai vail-
lamment, et Dieu me viendra en aide. Oui,
Hélène, le peu que vous possédez encore, toi
et ta sœur, vous restera, et vous serez libres,
l'une et l'autre, d'accepter la protection d'un
bon mari qui vous consolera de la négligence
coupable d'un mauvais père.

Si les accents du repentir n'avaient toujours
quelque chose d'élevé et de saint, je dirais que
rien n'est plus douloureux à entendre que les
paroles d'un père qui s'accuse devant ses enfants. Hélène sanglotait sur la poitrine de M. de
Kerizal, et celui-ci, le front couvert de rougeur, faisait de violents efforts pour se contenir.
Pressé de mettre fin à une scène qui le tortu-
rait, il s'arracha des bras de sa fille, et sortit précipitamment de la salle en nous défendant de
le suivre.

Je me rappelai alors la mission dont j'étais
chargé, et je présentai à Hélène la lettre que je
venais de recevoir. Pendant que la jeune fille
lisait, j'aurais voulu étudier ses émotions sur
son beau visage, mais soit qu'elle eût deviné ce
désir, soit que ses yeux gonflés de larmes eussent réellement besoin d'un éclat plus vif de lumière, me laissant seul au foyer où j'étais assis,
elle se rapprocha de la fenêtre et me tourna le
dos avant de prendre connaissance de l'épître

qui avait pour elle un si précieux intérêt. Un
quart d'heure au moins s'écoula dans cette lecture, et c'était quatre fois plus de temps qu'il
n'en fallait. Evidemment Hélène essayait de
dominer ses impressions avant de m'interroger.

Elle revint enfin s'asseoir devant moi, les
joues pâles, les mains tremblantes.

— Expliquez-moi, dit-elle, les paroles de
mon père et les vœux de Félicien; madame de
Plomenec montre assez clairement son désir
de nommer l'une de nous sa fille. Mais laquelle?

— Votre père ne vous l'a-t-il pas laissé voir
en vous embrassant? Ne l'avez-vous pas deviné
vous-même à l'embarras si peu naturel d'un
ami d'enfance.

— C'est donc moi! c'est donc moi! reprit mademoiselle de Kerizal en joignant les mains, tandis que l'expression du bonheur et de la fierté
brillait dans ses regards ; le voilà bien ce grand
cœur qui choisit, pour se déclarer, l'heure des
épreuves!

Il y avait dans l'accent d'Hélène une admiration si vraie et une affection si profonde, que je
ne songeais déjà plus, en l'écoutant, qu'à félici-
ter au plus tôt madame de Plomenec et son fils.
Je me trompais. La joie s'éteignit rapidement
dans les yeux de la noble jeune fille.

— Et ma sœur! dit-elle en se parlant à elle-même, et mon père !...

Je la priai doucement de ne pas refuser sa confiance à un homme que sa mère mourante lui avait recommandé comme le plus sûr des amis, en l'invitant à le consulter dans toutes les circonstances difficiles. Après quelques moments d'hésitation, la pauvre enfant se décida à m'ouvrir son cœur.

— Ma mère, dit-elle, me fit un devoir, en effet, de réclamer toujours vos conseils; mais, à son lit de mort, cette recommandation ne fut pas la seule qu'elle m'adressa. Je n'avais que douze ans, vous vous le rappelez; pourtant des dissentiments intérieurs m'avaient rendue témoin de bien des peines, et ma raison attristée devait mûrir avant l'âge. Découragée par l'inutilité de ses efforts pour amener notre père à modérer ses dépenses, à détourner de lui la crise qui le désole aujourd'hui, et qu'elle prévoyait déjà, celle qui nous aimait tant et que le bon Dieu allait nous reprendre, s'effrayait de l'avenir. Quelque mesurées que fussent ses paroles à l'égard de son époux, lorsqu'elle appuya sur la nécessité où j'allais me trouver dorénavant de me protéger moi-même et de protéger également ma petite sœur, le respect filial me défend de les répéter. Dans toutes les familles, ajouta ma

mère, il faut que l'abnégation des uns contribue
au bonheur des autres; il faut, quand la plupart
ne songent qu'à jouir, que certaines âmes plus
hautes se contentent de la pratique rigoureuse
du devoir, même quand le devoir est un suprême adieu à toute espérance de félicité terrestre. La vraie mère, mon enfant, et par ce
mot j'exclus la plus grande partie des femmes
du monde, est ordinairement l'être choisi pour
cette mission de vertu, de douleur et de sacrifice. Je crois n'avoir point failli dans une tâche
quelquefois bien rude, mais je m'en vais pré-
maturément, et je te supplie avec larmes de me
remplacer. Sois une mère pour la jeune sœur
confiée à tes soins; sois une mère pour ton père
lui-même, puisque son caractère le demande
ainsi. Une sœur, une fille se lasse par les diffi-
cultés et l'ingratitude; une mère ne se rebute
jamais; une mère se dévoue jusqu'à la fin.

Sous l'impression de son premier deuil, Hélène, le front caché dans ses mains, pleura
quelques instants avant de poursuivre.

Elle reprit :

— Les promesses que ma mère exigeait de
moi, je les fis avec effusion, en pleine connaissance de cause, disposée alors, s'il le fallait, à
donner ma vie pour mon père et pour ma sœur.
Depuis, lorsqu'il m'est arrivé de songer quel-

quefois à mon bonheur personnel, je n'ai jamais
pu m'arrêter sans remords à cette pensée d'existence heureuse. Un moment, tout à l'heure, j'ai
senti se réveiller en moi les aspirations égoïstes
qu'on ne maîtrise jamais entièrement. Oui, je
l'avoue, bon et fidèle ami, j'aurais voulu pouvoir disposer de mon sort, et le confier à la tendresse de Félicien.

Je demandai à mademoiselle de Kerizal si le
mariage était inconciliable avec ces devoirs de
fille et de sœur qu'elle avait juré de remplir.

Voici sa réponse :

— Vous oubliez que j'ai promis à une mourante de faire pour ceux qu'elle confiait à mon
amour tout ce que ferait une mère en pareil cas.
Mon père ? vous venez de l'entendre parler, et
vous savez avec quelle noblesse ! Il veut recourir au travail, il veut se relever aux yeux de
tous par une sage activité, et je suis trop fière
de ce réveil pour chercher à le retenir ici dans
une inaction qui ne lui donnerait ni la même
dignité, ni la même aisance, ni la même satisfaction d'esprit. Il partira donc ; il ira dans une
ville peut-être éloignée remplir un emploi,
commencer, le front déjà ridé, les cheveux gri-
sonnants, une vie dépendante ; et moi, au lieu
de le suivre pour le consoler, l'égayer, l'aider
à supporter les premiers dégoûts, j'entrerais

paisiblement dans une nouvelle famille, satis-
faite d'entretenir avec l'exilé un commerce de
lettres plus ou moins encourageantes ; tranquille d'avoir cédé mes devoirs à une sœur de
quatre ans plus jeune que moi, et qui, aux premières propositions de mariage, ne manquerait
pas de m'imiter ! Une mère, j'entends une mère
comme était la mienne, ne dit pas à une autre
de la remplacer près de son enfant, surtout
quand celui-ci est malheureux ! Fi de la vertu
qui se tient à l'écart des chemins difficiles, et se
contente d'y pousser les autres, inventant pour
soi-même des excuses, des raisons captieuses
qu'une conscience droite n'admettra jamais !

Je partageais trop bien les sentiments expri-
més par mademoiselle de Kerizal pour hasarder
autre chose qu'une invitation banale à ne rien
précipiter, à ne répondre qu'après mûres réflexions à madame de Plomenec.

— Non, non, vous saurez tout, continua Hélène, et vous jugerez ensuite si le parti que j'ai
à prendre peut se discuter un moment. Écoutez-
moi bien, monsieur Gervais ; la démarche qui
vous amène ici a été prévue plus d'une fois par
les deux sœurs ; seulement, toutes les deux s'a-
cordaient dans la même erreur, trompées par la
préférence qu'en toute occasion Félicien semblait accorder à la plus jeune.

12.

— Et Céline, demandai-je, comment aurait-elle accueilli M. de Plomenec?

— Hélas! hélas! avec tant de joie et d'espérance de bonheur, que je ne regretterai jamais assez une méprise qui lui causera bientôt un cruel chagrin. Cher monsieur, Félicien ne peut être indifférent pour ma sœur si belle, si bonne, si aimante : est-il bien certain de me préférer à ce point que, forcé de renoncer à moi, il ne puisse se trouver parfaitement heureux en devenant plus tard le mari de Céline?

La question était délicate et j'y répondis sincèrement. Un homme du monde ne croira jamais qu'une femme, même en voulant favoriser une rivale, puisse entendre sans quelque regret qu'une autre pourra la faire oublier un jour; l'homme du monde a sans doute raison; mais le notaire campagnard savait aussi qu'en admettant un mouvement jaloux dans le cœur d'Hélène, à coup sûr ce mouvement involontaire ne le troublerait pas longtemps. Je parlai donc un peu par ma propre expérience des chances favorables que pouvait avoir Céline dans l'avenir, et je m'engageai à ne perdre aucune occasion de ramener M. de Plomenec aux premiers rêves des deux sœurs.

En attendant, il fallait dissimuler. Nous convînmes, Hélène et moi, de taire à Céline l'en-

tretien que nous venions d'avoir ensemble, et
M. de Kerizal étant venu nous retrouver, sa fille
lui déclara qu'elle n'avait aucun désir de se marier ; sa seule ambition était de l'accompagner
partout. Le châtelain insista vainement pour
obtenir un aveu sur le sacrifice qu'il soupçon-
nait, Hélène ne se laissa point surprendre, et sa
résolution de renoncer au mariage parut de
plus en plus forte.

— N'importe, me disait le bon gentilhomme
les larmes aux yeux, je persiste à croire que Félicien est aimé, et que, sans toutes mes folies,
la réponse à la lettre de sa mère aurait été différente. Vous ne connaissez pas Hélène, mon
ami ; vous n'avez pu apprécier comme moi
tout son courage.

Et il me citait vingt exemples des sentiments
énergiques de son enfant.

Je vis madame de Plomenec, et M. de Kerizal voulut m'accompagner lui-même dans cette
visite. La réconciliation fut complète et l'on
s'attendrit mutuellement. La mère, qui ne
pouvait supporter la pensée qu'on préférât
quelqu'un à son fils, ou qu'en ne lui préférant
personne, on pût renoncer à lui et consentir à
l'affliger ; la mère affirma qu'avant peu nous
ferions revenir Hélène sur sa détermination.
Le châtelain répondit qu'il s'y emploierait

assidûment, et il avait l'intention de tenir parole.

Quant à Félicien, il paraissait au désespoir; et lorsqu'il m'arrivait de lui dire que sa mère était dans l'erreur, qu'Hélène ne se marierait jamais, et qu'il ferait plus sagement de penser de suite à choisir une autre compagne, le pauvre garçon ne manquait pas de me rudoyer. Il songeait bien vraiment à offrir à Céline, à qui que ce fût au monde, un cœur flétri, un cœur brisé! Je ne répondais rien; mais je me rappelais ces paroles d'une bonne demoiselle, rapportées par le malin *Punch :* « Un cœur brisé! allons donc! Aucun homme ne s'est laissé briser le cœur, ou, si cela est jamais arrivé, il en est du cœur chez l'homme comme de la pince du homard : quand l'un est brisé, il en pousse bientôt un autre à la place. »

Le règlement des affaires terminé, le manoir vendu, et, chose désolante, vendu sous un nom d'emprunt au docteur Lambert, le père et ses deux filles quittèrent le pays. M. de Kerizal avait assez mal administré ses biens pour ne pas attendre longtemps un emploi de comptable, et cet emploi, il fallait l'aller chercher à l'extrémité du département des Côtes-du-Nord. A l'exception de trois ou quatre anciens créanciers, singulièrement adoucis en-

core, maintenant qu'ils étaient remboursés
et n'avaient plus rien à craindre, ce fut un chagrin général lorsqu'on vit s'éloigner là-bas,
sur la route, dans la carriole qui les empor-
tait, le gentilhomme et ses deux enfants. Les
pauvres surtout gémissaient, et plusieurs d'entre eux éclataient en imprécations contre le
nouveau propriétaire du manoir : — L'ancien,
disaient-ils, gaspillait bien un peu ; il a dimi-
nué de plus de moitié, par ses sottises, l'avoir
de l'une des deux *Pennérès*; mais, en fin de
compte, sa pitié pour tous les nécessiteux était
bien connue, et il n'était pas de mendiant qui
ne pût fumer tranquillement sa pipe en attendant la soupe, assis sur la pierre du foyer, dans
la cuisine de Kerizal. Le médecin ne se montrait pas si accommodant. L'avare! il aimait
trop l'argent pour qu'il lui restât un peu d'a-
mitié pour les hommes !

Trois mois s'écoulèrent, peut-être un peu
plus, et M. de Plomenec, qui m'avait négligé les
premières semaines après le départ de nos amis,
revint me voir plus fréquemment. Nous parlions ensemble des absents, et je le faisais avec
d'autant plus de plaisir qu'il m'en coûtait beaucoup de ne plus voir à l'église, de ne plus rencontrer dans les chemins ou sur la place du
bourg les deux sœurs que je m'accoutumais à

regarder comme les bons anges visibles de notre paroisse. Le jeune homme commençait à se raisonner, et comme j'appuyais particulièrement sur l'impossibilité de jamais décider Hélène à quitter son père, sur le désir qu'elle m'avait laissé surprendre de voir Céline mariée, un jour, à Félicien, ce dernier trouva un excellent moyen de former de nouveaux projets, sans rien ôter aux sentiments chevaleresques du premier amour. Hélène se dévouait à son père; pourquoi, lui, Félicien, ne se dévouerait-il pas à Hélène en faisant un généreux effort pour lui complaire, en devenant l'époux de sa sœur? — Céline, je l'avais remarqué moi-même, Céline possédait des qualités attachantes ; elle avait tant de gaieté, un rire si franc, de si jolis yeux!... Et puis, et puis, comment l'oublier? elle était moins imposante, elle avait assez de mérite pour captiver, pas assez pour déconcerter l'émulation. De jour en jour ces réflexions prenaient une autorité plus décisive ; j'y aidais de mon mieux, et M. de Plomenec, au bout du quatrième mois, en vint à désirer la consommation du sacrifice avec une ardeur de martyr. Madame de Plomenec écrivit une seconde fois à M. de Kerizal, et la réponse empressée et favorable me fut apportée triomphalement par mon jeune ami. Celui-ci, j'en ai peur du moins,

n'était qu'inconstant; mais quoi, il tenait tant à
se persuader qu'il était plutôt héroïque!—Bon
Félicien! que de fois n'ai-je pas pensé à lui
dans ma longue carrière! — Étudiez un peu
les hommes, cherchez le cœur sous le vêtement, le sentiment vrai sous la grimace, et
presque toujours vous verrez la faiblesse chercher à se couvrir d'une apparence de force et
de grandeur. De loin, c'est Clorinde; de près,
c'est la tremblante Herminie sous l'armure
trompeuse de la guerrière.

Hélène au moins était bien ce qu'elle semblait, parce qu'elle avait reçu d'en haut la simplicité, cette vertu charmante et si rare. J'ai
conservé la lettre qu'elle m'adressa à l'époque
du mariage de sa sœur, et cette lettre arrosée
de larmes, j'aime à la relire, à la méditer quand
les petitesses dont je suis témoin me font douter s'il existe encore de ces belles âmes d'autrefois. La jeune fille remerciait son vieil ami
d'avoir puissamment contribué à réaliser un de
ses vœux les plus chers, et sans aucun étalage
de douleur et de vertu, comme sans aucune
dissimulation, elle ajoutait que la conscience
d'un devoir rempli mêlait des adoucissements
à toutes les peines. Ces peines, elle ne doutait
point de les voir se dissiper avec le temps, et
déjà elle n'hésitait pas à me promettre de vivre

encore très-heureuse au milieu de nous, quand
l'âge avancé de son père exigeant le repos,
tous deux nous reviendraient demander une
place à nos foyers et une part de nos om-
brages.

Dix années entières devaient s'écouler avant
ce retour si ardemment désiré par Céline et
par nous tous, et encore Hélène revint seule au
village natal. Son père était mort d'une con-
gestion cérébrale, occasionnée par des émotions
trop vives à la suite de nouvelles imprudences.
On ne guérit jamais entièrement de l'incurie et
de la légèreté. Au moment de l'humiliation et
mû par un principe d'honneur, il avait solli-
cité un emploi; mais, cet emploi une fois obtenu, quoi de plus commode pour l'indolence
du titulaire que d'en abandonner les obligations
gênantes aux soins d'un homme sûr, d'un premier commis! L'homme sûr, à ce qu'il paraît,
ne se croyait nullement tenu à une surveillance
ennuyeuse lorsque le principal intéressé ne
prenait aucun souci de ce qui se passait dans ses
bureaux. De là des irrégularités, des négli-
gences, et, de la part de l'administration supérieure, des reproches journaliers. Un autre,
éclairé par les observations de ses chefs, se fût
appliqué par des réformes à les apaiser, à les
satisfaire; au lieu de cela, M. de Kerizal fit de

la polémique, écrivit mémoire sur mémoire,
prouva enfin de toute manière sa faconde et
son incapacité.

Les voilà battus, réduits au silence, disait-il
à sa fille qui le suppliait vainement de ne pas
se laisser ainsi abuser par les illusions de l'a-
mour-propre. La réponse à ce cri de victoire
fut la nouvelle officieuse de la prochaine des-
titution du fonctionnaire indolent et querelleur.
Celui-ci était alors dans un assez pauvre état de
santé, et l'impression qu'il ressentit de ce coup
terrible détermina une catastrophe si prompte
que nous apprîmes en même temps ici sa dis-
grâce, sa maladie et sa mort.

L'arrivée d'Hélène, dans les circonstances
qui la ramenaient, ne pouvait avoir le joyeux
caractère de bienvenue que je m'étais plu à rêver d'avance. Pour le retour du châtelain et
de sa fille nous devions organiser une petite
fête; la paroisse entière voulait accourir au-de-
vant d'eux; le juge de paix même, sans qu'on
l'en priât, avait préparé des couplets qu'il
chantait depuis deux ans un peu partout, une
main posée sur son cœur, tandis que l'autre
main, au moyen d'un foulard usé, épongeait
ses larmes complaisantes. Tout cela n'était plus
de saison. Mademoiselle de Kerizal ne trouva
pour l'accueillir à l'entrée du bourg que la fa-

mille de Plomenec, notre vénérable recteur et maître Gervais.

Celui-ci n'a plus qu'un mot à ajouter et vous connaîtrez ensuite aussi bien que lui toute l'histoire de la vieille fille, dont le voisinage vous paraissait si regrettable il n'y a qu'un instant.

J'avais été chargé par elle de louer la petite maison qui touche à celle-ci, et malgré les instances de sa sœur qui voulait l'amener à une existence commune, elle vint s'y fixer. Seule, avec le peu qu'elle possédait maintenant, mademoiselle de Kerizal pouvait à peine suffire aux nécessités de sa vie modeste, et plusieurs s'étonnaient autour de moi qu'elle n'eût pas accepté comme une bénédiction du ciel, dans son isolement, l'hospitalité du manoir de Plomenec. Il y avait là de beaux enfants qui la chérissaient, une sœur et un frère qui l'admiraient, une seconde mère dont la santé chancelante pouvait satisfaire encore ses besoins de vigilance affectueuse, de soins délicats et de dévouement.

— Pourquoi, disait-on, cette obstination sans motif et qui ne profite à personne ?

Je posai moi-même cette question à mademoiselle de Kerizal, et une légère allusion que j'osai faire à la première inclination de M. de Plomenec, l'engagea à ne me rien cacher.

— Mon vieil ami, dit-elle, sans redouter pour
Félicien le réveil de sentiments trop tendres et
qui seraient incompatibles avec ses devoirs, je
crois prudent de me défier, pour la tranquillité
de Céline, d'un inconvénient qui existe dans
plusieurs ménages où deux sœurs ont une place
au même foyer. Il est si facile, et parfois si
agréable pour un mari d'élever l'une des sœurs,
celle qui n'a été éprouvée ni dans ses joies
ni dans ses peines, pour déprécier l'autre,
sa compagne, peut-être bien supérieure, mais
dépendante et dont le premier tort est de lui
appartenir ! La plupart des hommes sont por-
tés à ces injustices aux heures de mécontente-
ment et de lassitude. Tâchons de les épargner à
nos amis. Mieux vaut l'isolement de la vie,
mieux vaudrait la mort dans le plus complet
abandon qu'une existence entourée de soins et
heureuse au sein d'une famille que nous aurions divisée par notre présence.

Et mademoiselle de Kerizal, très-sagement,
je crois, préféra se laisser accuser de singula-
rité en demeurant ici à l'écart, que d'exposer sa
sœur à des chagrins trop vraisemblables pour
qui connaissait comme nous M. de Plomenec.
Ce dernier et la peu clairvoyante Céline se plai-
gnirent amèrement de ce refus. Vainement Hélène accourait chez eux au premier appel,

veillait les enfants dans leurs maladies, promenait les uns, instruisait les autres, se chargeait de tous, suppléant tour à tour le père, la mère, l'aïeule.

— C'est égal, murmurait à mon oreille ce bon Félicien ; notre sœur a trop l'amour du chez soi et de l'indépendance ; il y a là un défaut de vieille fille, un peu d'égoïsme.

Je ne saurais mieux finir qu'en vous répétant cette observation dont vous remarquerez la coïncidence avec les reproches qui m'ont engagé à vous raconter cette histoire.

III

Mon ami n'avait aucun désir d'entamer une discussion.

— Monsieur Gervais, dit-il, l'ermitage est loué dès à présent, et vous m'avez si bien converti que la plus grande faveur que vous puissiez m'accorder serait de me présenter en qualité de voisin à mademoiselle de Kerizal.

Le vieillard sourit avec bonté.

— Pas aujourd'hui, monsieur, et ce sera votre punition.

Et comme nous voulions insister :

— Celle que vous cherchez maintenant à voir, reprit-il, est assise à l'heure qu'il est au chevet d'un paralytique ou d'un fiévreux, et ni moi ni personne ne saurait où la trouver. Regardez autour de vous, dans le cercle de vos connaissances, messieurs, et pour peu que l'examen soit sérieux, vous verrez s'il est quelqu'un de plus occupé que ces bonnes tantes demoiselles à qui le célibat donnerait, suivant les caquets du monde, un privilége d'inaction. La sœur mariée veut-elle assister à une fête, a-t-elle besoin de s'absenter pour un voyage, vite on a recours à la vieille fille pour la suppléer auprès des marmots, et madame peut s'amuser en conscience, certaine d'avoir laissé en main sûre son cher trésor. Que la maladie ou le deuil arrive dans une maison, la première appelée, c'est encore la femme qui semble n'avoir refusé les liens du mariage que pour présenter une épaule plus libre et plus complaisante à tous les fardeaux du prochain. Bonne d'enfants, institutrice, garde-malade, commissionnaire, elle est tout : chacun s'empare de son temps; la famille, les amis, les pauvres, et toujours avec moins de scrupule et de gratitude à cause de son isolement. — Vous qui n'avez rien à faire, lui dit-on de tous côtés, et ce préambule commode sert d'introduction à des

demandes de toute sorte, si nombreuses et parfois si indiscrètes qu'il faut autant de zèle que
de douceur et de patience pour les accueillir
favorablement. Un époux à satisfaire et des enfants à élever dispensent tout naturellement
d'une foule de corvées qui reviennent de droit
à la vieille fille. C'est à elle et pas à une autre
que votre curé, toujours prêt aussi à la mettre
à contribution, conduit, pour leur enseigner
le catéchisme et les préparer à la pâque de
petites mendiantes, sales, grossières, qui, pour
la plupart, recevront ses leçons avec ennui et
la quitteront sans la remercier. Voilà la vieille
fille que vous avez sous les yeux dans les villes
et dans les villages, la vieille fille qu'on ex-
ploite en l'accusant d'égoïsme, et à laquelle
vous, frères, sœurs, neveux, nièces, tous gens
mariés, je suppose, et en conséquence modèles de générosité et de dévouement, vous ôtez
le droit de vous imiter dès qu'elle a passé la
trentaine. Oh! la femme de trente ans qui se
décide enfin au mariage, la femme dont nous
avions d'avance arrangé la vie entière au profit
des petits ménages environnants! que de clameurs elle provoque en changeant d'état, et
qu'elle pourrait bien répondre par la parabole
de la paille et de la poutre à ceux qui lui repro-
chent la sécheresse de cœur!

Le soleil baissait à l'horizon, et nous avions repris nos bâtons de voyage.

— J'ai vu bien près de moi, dis-je à mon ami, l'original du portrait qui nous occupait tout à l'heure, et je le garantis ressemblant.

— Je le crois, répondit mon compagnon; mais si je conviens avec vous que maître Gervais s'est montré peintre fidèle, je maintiens que le portrait différent qui m'a valu sa réplique, n'était pas non plus un tableau d'imagination? Que faut-il conclure de ces contrastes? Que le bien est partout à côté du mal, et que ce n'est pas seulement de la langue qu'Esope pouvait dire que c'est à la fois ce qu'il y a de pire et ce qu'il y a de meilleur.

FIN DE LA PREMIÈRE SÉRIE.

TABLE.

-∞-

Paris. — Imprimerie BAILLY, DIVRY et Comp.
rue Notre-Dame des Champs, 49.

LIBRAIRIE A. BRAY, ÉDITEUR,

66, rue des Saints-Pères, à Paris.

PIEUSE EXPLICATION DE LA PASSION DE N. S. J.-C., tirée de J. Thauler, par le V. LOUIS DE BLOIS, suivie du *Traité des Douleurs intérieures de J.-C.*, par la B. VARANI. Ouvrages traduits du latin par M. l'abbé POULIDE. Nouvelle édition augmentée d'un sermon de Bossuet sur la *Compassion de la sainte Vierge*. 1 vol. in-18.   1 fr. 50

Cet ouvrage est approuvé par Mgr l'évêque de Nancy. Louis de Blois a cru servir la religion en remaniant le texte original, en y mettant plus d'ordre et de précision. Entraîné par le sujet, il l'enrichit souvent en puisant dans son propre fonds. Tout le monde sait que le pieux abbé de Liessies est appelé par ses contemporains, *le maître des maîtres de la vie spirituelle*.

LA PASSION MÉDITÉE D'APRÈS LES QUATRE ÉVANGÉLISTES, ou Elévation sur les souffrances et la mort de Notre-Seigneur Jésus-Christ. Ouvrage traduit de l'italien de l'abbé Louis MARCHETTI; suivi de *Considérations*, empruntées aux Pères de l'Eglise et aux Orateurs sacrés, par M. H. DENAIN; avec l'Approbation de Mgr l'Archevêque de Paris. 3e édition, augmentée de la *Messe* dite *de la Passion*. 1 beau et fort vol. gr. in-32.   2 fr.

Cet ouvrage contient une *Méditation* et une *Lecture* pour chaque jour du Carême.

LE MYSTÈRE DE L'EUCHARISTIE, médité au pied des saints autels, par M. l'abbé JOIRON. 2e édit. 1 vol. in-18 anglais.   3 fr.

(Cet ouvrage, honoré d'un bref de S. S. Pie IX, est approuvé par neuf archevêques et évêques.)

Mgr Pie recommande aux fidèles et au clergé de son diocèse « ce traité complet d'une doctrine très-solide et très-pieuse sur le plus excellent de nos mystères. »

AME A L'ÉCOLE DE JÉSUS ENFANT (l'), Considérations, Exemples, Pratiques pour tous les jours de l'année. Ouvrage traduit de l'italien par M. l'abbé BAYLE, auteur des *Vies de saint Philippe de Néri et de saint Vincent Ferrier*. 1 vol. in-18 angl. 3 fr.

La dévotion à la Sainte-Enfance de Jésus a été pour les Saints la source des plus grandes faveurs spirituelles. Un pieux auteur italien, pour aider à la pratique de cette dévotion, a composé un livre qui fait les délices des familles chrétiennes et des communautés religieuses.

CHOIX DES LETTRES DE SAINT BERNARD les plus appropriées aux besoins des personnes pieuses et des gens du monde, mises en ordre par le R. P. MELOT, dominicain. 1 vol. in-12. 1 fr. 25

DE BABYLONE A JÉRUSALEM, par Mme la comtesse DE HAHN-HAHN. Histoire et motifs de sa conversion au Catholicisme; traduit de l'allemand par M. Léon BESSY. 1 beau v. gr. in-18 angl. 2 fr. 50

UNE VOIX DE JÉRUSALEM, considérations d'une néophyte sur la vie catholique; MÊME AUTEUR et MÊME TRADUCTEUR. 1 beau vol. in-18 anglais, avec portrait.   2 fr.

LE CULTE DE MARIE, Origines, Explications, Beautés, contenant un Précis historique, des Notices sur toutes les Fêtes, les Offices complets latin-français, de nombreuses Prières, toutes les Dévotions à la sainte Vierge, Confréries, Pèlerinages, Neuvaines, Indulgences, etc., par M. J.-B. GERGERÈS. 2e édit., corrigée et aug. 1 fort vol. grand in-18. 3 fr.

— Le même ouvrage, sur papier vélin glacé. 4 fr.

(*Cet ouvrage est approuvé par S. Em. le cardinal Donnet.*)

« Ce livre est certainement remarquable entre tous ceux qu'on a publiés dans ces derniers temps sur le culte rendu à la Mère de Dieu. L'auteur a compris les beautés et les charmes d'un pareil sujet, et nous pouvons dire en toute sincérité qu'il les a fait connaître et surtout aimer. Des explications précises, complètes dans leur brièveté, exactes dans leurs détails, révèlent au lecteur l'origine, l'esprit et la grandeur des solennités.»
(*Correspondant.*)

MÉDITATIONS SUR LES VÉRITÉS ET LES DEVOIRS DU CHRISTIANISME pour tous les jours de l'année, par Mgr CHALONNER; traduites de l'anglais par M. l'abbé VIGNONET. 3 forts vol. in-18 anglais. 6 fr.

« Cet ouvrage mérite toute l'estime des pieux fidèles. La doctrine en est saine et propre à développer dans les âmes les sentiments de la plus solide dévotion. Je regarde ce livre comme très-utile, parce qu'il est complet et qu'il présente, dans tout leur ensemble et avec leurs conséquences pratiques, les vérités de notre sainte religion. Tout cela est exposé d'un style simple et précis, d'une façon méthodique et lumineuse, avec des accents pleins de foi qui trouvent le chemin du cœur et y portent une émotion salutaire » (Approbation de Mgr l'Archevêque de Paris.)

DÉVOTION (de la) AU SACRÉ CŒUR DE JÉSUS, précédée d'une introduction sur le Jansénisme, par le R. P. DALGAIRNS, de l'Oratoire, traduite de l'anglais, par M. l'abbé POULIDE, suivie d'un Discours sur la Dévotion au saint Cœur de Marie, par le R. P. de MAC-CARTHY, S. J. 1 vol. in-18 anglais. 3 fr.

L'auteur développe ce qu'on pourrait appeler la Théologie du sacré Cœur d'une manière aussi solide qu'intéressante. Ce livre, plein d'aperçus nouveaux, renferme des chapitres admirables sur l'amour du cœur de Jésus pour les hommes, mais plus particulièrement pour les pécheurs et pour les âmes qui aspirent à la perfection. On y lira avec plaisir et profit ce qui regarde les dévotions en général.

ESPRIT DE SAINT FRANÇOIS DE SALES, à l'usage des personnes pieuses vivant dans le monde, par M. l'abbé C.-J. BUSSON. 1 vol. in-12 de 500 pages. 2 fr. 50

Ce livre, d'un mérite incontesté, sera un manuel précieux pour les âmes pieuses. Elles y trouveront des instructions solides, des conseils sages et appropriés à leurs besoins, dans un langage simple, onctueux.

Imp. BAILLY, DIVRY et Ce, rue Notre-Dame des Champs, 49.

LIBRAIRIE DE A. BRÀY, ÉDITEUR,

66, rue des Saints-Pères, à Paris.

OUVRAGES DE Mme BOURDON (Mme FROMENT).

Le Droit d'aînesse. 1 beau vol. in-18 anglais.   2 fr.

Ce livre est le complément de la *Vie réelle*, des *Souvenirs d'une institutrice*. C'est le dévouement sous une autre forme, le devouement fraternel et filial porté jusqu'à l'héroïsme par une jeune fille qui sacrifie son avenir, sa vie entière à l'éducation de frères orphelins et aux soins d'un père infirme. Nous n'avons plus à apprécier le talent de Mme Bourdon, dont le lecteur retrouvera tout le charme dans ce nouvel ouvrage.

La Charité, *Légendes.* 1 beau vol. in-18 anglais.   2 fr.

Souvenirs d'une Institutrice, 3e édition. 1 beau volume in-18 anglais.   2 fr.

La Vie réelle, 8e édition. 1 beau vol. in-18 anglais.   2 fr.

Les Béatitudes ou la **science du bonheur,** 4e édition. 1 beau vol. in-18 anglais.   2 fr.

OUVRAGES DE Mlle Z. FLEURIOT (ANNA EDIANEZ).

Souvenirs d'une Douairière, 2e édition. 1 beau vol. in-18 anglais.   2 fr.

Marquise et Pêcheur. 1 beau vol. in-18 anglais.   2 fr.

Une Famille bretonne, ouvrage dédié à l'adolescence. 1 beau vol. in-18 anglais, orné de quatre belles grav. sur acier.   3 fr.

Dans ces trois ouvrages, l'auteur vous attache à la fois par la grâce du style, la vérité des sentiments, la justesse des appréciations, l'intérêt toujours croissant du récit, et la pensée morale qui domine chacune de ses compositions.

OUVRAGES DE M. DAURIGNAC.

Histoire de saint Ignace de Loyola. 2 beaux vol. in-18 anglais, avec portrait et fac-simile.   6 fr.
— VIE ABRÉGÉE. 1 fort vol. in-12.   2 fr 50

Histoire de saint François-Xavier. 2 beaux vol. in-18 anglais, avec portrait et fac-simile.   6 fr.
— VIE ABRÉGÉE. 1 fort vol. in-12.   2 fr. 50

Sainte Jeanne de Chantal, modèle de la jeune fille et de la jeune femme dans le monde, fondatrice de la Visitation. 1 beau vol. in-18 anglais.   3 fr.

Ces Vies offrent une lecture aussi attrayante que solide. C'est le jugement qu'en portent NN. SS. les Evêques d'Arras et de Beauvais, dans leurs approbations.

Théâtre moral de la jeunesse, par M. Pierre LÉVÊQUE. 3e édi. revue et augmentée. 2 vol. in-18 anglais sur papier collé.   4 fr.

Le *Théâtre moral* contient dix pièces plus ou moins longues (tragédies, comédies, drames), propres à être représentées dans les maisons d'éducation et dans les familles. Les sujets, traités avec esprit et verve, offrent une lecture piquante.

Imp. Bailly, Divry et Ce, rue N.-D. des Champs, 49.

www.ingramcontent.com/pod-product-compliance
Lightning Source LLC
Chambersburg PA
CBHW052003020726
47501CB00004B/982